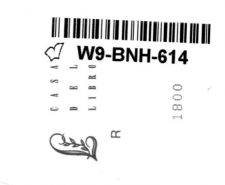

Madrid 1940

Colección Autores Españoles
e Hispanoamericanos

Francisco Umbral

Madrid 1940

Memorias de un joven fascista

Planeta

COLECCIÓN AUTORES ESPAÑOLES
E HISPANOAMERICANOS
Dirección: Rafael Borràs Betriu
Consejo de Redacción: María Teresa Arbó, Marcel Plans, Carlos Pujol y
Xavier Vilaró

Diseño colección y sobrecubierta de Hans Romberg

Ilustración sobrecubierta: detalle de un cartel del Servicio Nacional de
Propaganda, 1939

Primera edición: octubre de 1993
Segunda edición: noviembre de 1993
Tercera edición: diciembre de 1993
Cuarta edición: diciembre de 1993

Depósito Legal: B. 39.589-1993

ISBN 84-08-01037-9

Composición: Fotoletra, S. A.

Papel: Offset Munken Book, de Munkedals AB

Impresión: Duplex, S. A.

Encuadernación: Eurobinder, S. A.

Printed in Spain - Impreso en España

A mi mujer

Tended vuestras miradas, como líneas sin peso y sin medida, hacia el ámbito puro donde cantan los números su canción exacta.

José Antonio

ATRIO

Mi novela Madrid 1940, *que en principio pensé titular —equivocadamente—* Retrato de un joven fascista, *la verdad es que tiene de ambas cosas, y de quien no tiene nada es de mí, salvo la mecanografía.*

Tampoco quisiera que se entendiese este libro como una segunda parte o continuación de Leyenda del César Visionario *(visionario me lo suelen escribir con minúscula, cuando lo cierto es que en mi libro figura con mayúscula, y que Federico de Urrutia, el poeta falangista, afortunado autor de tan halagüeña rúbrica, con mayúscula lo escribe en su poema, romanceado si mal no recuerdo). Esta novela no es continuación de nada, aunque tampoco pueda librarse a la cronología, que después de la guerra trajo la paz, o más bien, como diría mi amigo Fernando Fernán-Gómez (lo dice en su función* Las bicicletas son para el verano*), lo que vino no fue precisamente la paz, sino la Victoria, con esa uve mayúscula y ominosa.*

Hasta qué punto la Victoria se rubricó con sangre, en 1940 y sucesivos, es la materia, precisamente, de esta novela que ahora ofrezco, y para que la referencia no sea gratuita y propagandística, he acumulado una minuciosa y tupida información sobre el conato, que, debidamente transida

por el filtro literario, pone un fondo sordo y sórdi-
do, atroz e histórico, a la biografía o autobiografía,
ingenua y cruel, de este joven fascista que se quie-
re y se cree más joseantoniano que José Antonio,
llegando en su delirio falangista a la paranoia o el
crimen, si es que no son la misma cosa.

De modo que este libro se desarrolla en tres
planos, por decirlo a la manera que les gusta a los
críticos. (Y la desventaja de escribir prólogos es
que luego algunos se limitan a leer estas paginillas
en cursiva y romanos, con lo que se encuentran la
crítica hecha.) Pero vamos allá. A mi señora, en
este momento, le están poniendo una inyección en
el culo. Ella se cura en salud, por si acaso. La
señoras duran mucho. Primer plano: la biografía o
autobiografía de un joven falangista que se viene a
Madrid nada más terminar la guerra, para hacer
carrera política, literaria, lo que sea, para morder
el pan de la Victoria. Hasta dónde llegue esta
criatura contradictoria y peligrosa en su evolución
social y mental es cosa que verá el que leyere.

Segundo plano: todo un mapa de la represión
de 1940 e inmediatamente subsiguientes en Ma-
drid, con alguna alusión al resto de España. Esto,
para mí, es la arcilla, el barro, la materia rica,
atroz y sangrienta, fértil, sobre la que modelar la
novela, los personajes, la vida. Así, este material se
desdobla en materia prima y testimonio. El testimo-
nio de un genocidio, de un cautelar y silencioso
holocausto, pienso que puede seguir interesando a
muchos, a algunos.

El tercer plano, digamos, es periodístico, direc-
to, cronificado, con la aparición de personajes de
la época, de Juan Aparicio a Manolete, de Chicote
a Pasapoga, toda la España que bebía cócteles de

sangre, en las noches de la Gran Vía, mientras en las checas de Franco se torturaba y asesinaba.

Me ha parecido mejor que todo esto lo cuente un partidario, un vengador/vengativo por naturaleza, y además un beato de José Antonio y un enemigo de Franco. A través de mi personaje trato de poner de manifiesto los descontentos, conspiraciones, contradicciones, camarillas, corrientes y navajeos que trenzaban por dentro aquel esquema luminoso de la Victoria, tan visible en Madrid como los anuncios de Tío Pepe, coñac.

A mi señora han terminado de ponerle la inyección en el culo. Confío en que acabe escapándose a Mazarrón con el practicante, pero hasta ahora no hay síntomas. A lo mejor es que no es su tipo.

Habrá que buscarle otro practicante.

La Dacha, otoño, 1993

Uno

MADRID, MI MADRID, era el fantasma de una ciudad, una desolación de perros y tranvías, con la Cibeles recién desvendada, como una momia, la Puerta de Alcalá como un pecho de piedra y de metralla, Carlos III fusilado por Franco, carteros muertos en las esquinas y la derrota comiendo de sí misma, en los solares, entre los gatos y los perros que desayunaban muerte y cenaban fusilado a media noche, bajo la luna grande del miedo. Yo había vuelto a mi ciudad, tras el exilio de la guerra en zona nacional y tranquila, en la provincia de tedio y plateresco, y estaba dispuesto a hacerme un sitio entre los vencedores, que eran los míos, a la hora primera y madrugadora de copar lo que hubiese, periódicos y oficinas, editoriales o jefaturas de policía. O sea que venía dispuesto a todo. Me metí en una pensión barata de Argüelles, una de esas calles con tranvías reventones, casas que sólo eran la fachada, tapando a los cagadores profesionales del otro lado, y fruterías donde reinaba el boniato fácil, malsapiente y alegre, con su alegría cruda y barata de fruto de una guerra sin cosechas.

La primera noche de la pensión, tras el viaje en tren de estraperlistas, lento y monótono de cadáveres que tocaban la guitarra y cantaban *Tatuaje*, me tocó compartir habitación de dos camas con un preso recién salido de Carabanchel, pelón, carita de calavera y rojo perdido:

—Mañana vuelvo a las andadas —me dijo.

A lo mejor era maquis, anarquista o yo qué sé. «Tú no serás un señorito fascista», me dijo.

—Los señoritos fascistas no vienen a estas pensiones de mierda.

Y la calavera sonrió con esa gracia que sólo tienen las calaveras. Una cosa muy tranquilizadora. Lo que yo no quería es que me pasase a cuchillo aquella misma noche, en sueños, con la navaja de afeitar con que estaba cortando, cristianamente, el pan de la cena. Le di mi nombre y le tendí la mano:

—Mariano Armijo, para servirte.

La calavera con corbata dejó de sonreír y no hizo ningún movimiento. Comprendí en el acto que me había equivocado. Entre huidos y perseguidos no se dan nombres ni se tiende la mano, que es un protocolo burgués. «Bueno, perdona, no te estoy preguntando tu nombre. Ahora a dormir y mañana donde nos toque.» Al día siguiente, al despertar (un despertar de traperos, chamarileros y clarines militares), mi calavérico y cadavérico amigo había desaparecido y su cama estaba perfectamente hecha. Sin duda la había hecho él mismo para no dejar constancia de su paso por allí. Yo había pasado media noche vigilando su bulto con un ojo y la otra media con el otro ojo. Me debí dormir al amanecer, y por eso no me había enterado de su marcha. Aquella misma mañana reuní mis cuatro recortes de provincias, me puse la otra camisa, o sea la limpia, y mi otra corbata, o sea la planchada, y salí a la conquista de Madrid, de aquel Madrid de invierno y sangre, de frío y victoria, de enfermedad y viejas —¿es que Franco había fusilado a todas las jóvenes?— que

16

iba a ser mi reino para toda la vida. El café de la pensión, una mierda. El desayuno de la pensión, un café de recuelo, un frito de refrito y un buenos días, don Mariano. Hasta llevaba yo una insignia de Falange en el traje de vestir, que estaba él mismo bastante desvestido. Juan Aparicio era un Mussolini de paisano, o más bien un híbrido de militar/paisano, pues que Franco, contra lo que se decía, o sea el Generalísimo, era muy liberal en esto de los uniformes, y había gentes como Eugenio d'Ors, Giménez Caballero o el mismo Juan Aparicio, que se habían diseñado el suyo propio, mezcla de fascista italiano y condotiero renacentista. Juan Aparicio tenía cabeza mussoliniana, aunque también un poco napoleónica, tenía una cierta dulzura abacial de ademanes y vivía en medio de una confusión de papeles, periódicos, pistolas y uniformes de donde luego resulta que salían unas hojas limpias, barrocas y alegres que estaban muy bien, *El Español, Fantasía, La Estafeta Literaria* (plagiada de la *Gaceta* de Giménez Caballero) y así:

—¿Y tú, políticamente, qué eres, camarada?

—A mi edad, y en esta época, creo que sólo se puede ser socialista de José Antonio.

—Socialista, nacionalsocialista. Todo viene a ser lo mismo y me parece muy bien.

A mí no me parecía lo mismo, pero estaba en Madrid, en mi Madrid, dispuesto a hacer carrera artística, literaria, periodística, lo que fuese, y no iba a perderme por un matiz.

Juan Aparicio tenía más energía que presencia, y quizá por esto, y porque lo sabía, cuidaba mucho la presencia. Personalmente, sus artículos eran de un barroquismo erudito que quedaba muy compacto, sólido y rico de leer, pero que no se sabía bien si el personaje iba o venía. Una mañana me lo dijo en el Café Gijón César González-Ruano:

—Querido Armijo, lea usted esto que ha escrito sobre mí el camarada Juan Aparicio, y dígame si es para darle las gracias o denunciarle en la comisaría de guardia.

—Yo creo que las dos cosas a la vez.

Juan Aparicio hojeó mis recortes de provincias, leyó por encima mis cartas de recomendación, me prometió unas vagas colaboraciones en sus revistas y me despidió con el saludo mussoliniano, repentino y enérgico, al que yo respondí tendiendo el brazo (se me cayó la carpeta al suelo) con torpeza y tardanza, porque no estaba preparado para el número. Comulgados los dos en Mussolini, salí de allí sin saber bien si había conseguido un trabajo, había hecho un amigo o había perdido el tiempo.

A Franco lo veíamos con cierta frecuencia entrar bajo palio en las catedrales de la ciudad. Madrid, que oficialmente no tiene catedral, tuvo mil, improvisadas: San Francisco el Grande, con su riqueza de Goyas; la Almudena, que eran cuatro piedras; las Calatravas, las Comendadoras, cualquier iglesia de Churriguera en ruinas, que previamente había bombardeado el Caudillo, y que ahora le recibía con pompa y circunstancia, esperando una pronta reedificación. El Caudillo reinaba así sobre un mundo de ruinas que él mismo había creado o destruido, y su corte eran los obispos, los falangistas, Tarancón, Laín Entralgo, las señoras de mantilla, todo el Régimen, que vivía como en una continua Semana Santa. Franco, joven y satisfecho, austero en la novedad de su reinado, empinado de tripita, un anfibio de militar y falangista, manejaba la boina roja, los guantes blancos, la camisa azul (yo mismo llevaba ya una bajo el traje de paisano) y las botas militares. La camisa azul me la compré en la Plaza Mayor, en una tienda de uniformes, con su corbata negra a juego, y mis posteriores visitas a los jerarcas fueron ya de semiuniforme, mitad monje civil, mitad soldado falangista. Madrid me iba enseñando cosas.

Aquel Franco que se ponía de puntillas para encajar en su propia y alta aureola, aquel Franco que rezaba en todos los reclinatorios reales de las monjas de clausura, era un Caudillo que estaba procediendo por acumulación; militares, monárquicos, falangistas, obispos, aristrocracia de manteleta y pueblo llano de boina y entusiasmo bobo. Lo que él llamaba la Unidad Nacional no era sino la unidad en torno a él, y esto lo veía yo sin mayor malicia ni cinismo que los demás, pues creo que todos eran cínicos y, si había algún ingenuo idealista, éste no servía para nada y era desechado, como Dionisio Ridruejo.

Más tarde, Franco se hermetizaría en El Pardo, progresivamente, pero de momento estaba tomando posesión de sus reinos bombardeados por él mismo, y de esta ciudad que siempre había odiado por liberal y masónica, según sus palabras; Madrid era para Franco la Corte que había dejado perder un imperio, el Imperio, y esto no se lo perdonaba Franco a los políticos e intelectuales de Madrid, remontando su odio hasta el barroco siglo XVII. Yo era de los que, a la espera de un trabajo, de una colaboración de algo, formaba entre el pueblo llano en la cola para ver al Caudillo y saludarle a la romana, como me había enseñado Juan Aparicio, pues que la cola de ver a Franco era como la cola de los huevos, del aceite, de la ropa o del Cristo de Medinaceli, al que iban a pedirle cosas los pocos que no necesitaban nada.

En esta cola me puse también una vez, sin mejor cosa que hacer, y disfruté durante la espera el perfume hembra, religioso e intenso de las señoras bien que hacían cola piadosamente, el erotismo en negro y pálido de aquellas vencedoras bellas, orgullosas, agresivas y bienolientes. Ya dentro de la iglesia, el olor de la victoria se confundía con el hedor del pueblo, porteros del barrio y lejanas gentes venidas de Cuatro Caminos, no sé si por mezclarse a la fiesta litúrgica de los ricos, por aparentar un fervor que lavase su proletarismo militante de la guerra o por conseguir algo, supersticiosamente, del Cristo generoso.

Al Cristo le miré la cara y me pareció un mascarón de proa de la vieja nave de la Iglesia. Yo había leído que la Falange era pagana, como el germanismo de Hitler, y esta paganía de los falangistas era precisamente lo que me había gustado, de modo que aquel Cristo morado y falso me recordaba sólo las procesiones de provincias. Yo era falangista, pagano y ateo, y esto lo decidí o lo vi claro mientras le besaba el pie, que tenía ya una usada suavidad de reptil, al Cristo de Medinaceli.

Y en aquel besapié fue donde encontré y conocí a María Prisca, marquesa apócrifa de Arambol y amante de un ministro del Caudillo, a la que yo había cedido la vez en la cola, argucia que servía para hacer amistades o amores lo mismo en esta cola piadosa y elegante que en la del bacalao o la del café. Ella me lo agradeció con una sonrisa que sólo insinuaba todo el despliegue de vitalidad y espontaneidad que sin duda era posible en aquella mujer. Volvimos a coincidir junto a la pila, a la salida, y le di agua bendita. España estaba recobrando los viejos usos hidalgos y cristianos, abolidos por la reciente y remota República. Me agradeció el agua con otra sonrisa y salimos a la calle juntos.

—Tengo ahí mi coche con el mecánico. ¿Quiere que le lleve a algún sitio?

—Iba a tomar un taxi —mentí.

La mentira le hizo gracia y esto la decidió a llevarme con ella.

El coche era un Austin 1935 camuflado como un Rolls, el mecánico (los nacionales habían desterrado la palabra chófer, por afrancesada) se llamaba Fabián y sólo era un uniforme de paño gris y un pestorejo saludable y gordo bajo la gorra.

—Fabián, ya sabe, al Club de Golf.

Así pasé, en media hora, de la cripta de Jesús de Medinaceli, una cosa mejicanizada de exvotos y fetiches, intensa de olores brutales del pueblo y olores finos de la aristocracia, a las latitudes amplias, extensas, saludables y nubladas del Club de Golf, nortes de Madrid, adonde María Prisca, marquesa apócrifa de Arambol, tenía su tertulia matutina. María Prisca era de una belleza de hembra macho, femenina e intensa, como una María Callas en descomposición o una Melina Mercouri con la melena plata, la sonrisa puta y las manos anilladas de artrosis y joyas caras, rojas y verdes, que me eran y me son indiferentes.

—Querido Mariano, eres un joven falangista

que me gusta, pero yo sólo soy ya mi melena y el riñón que me falta.

Y me cogió una mano con naturalidad, con gracia, con una naciente ternura, y comprendí que durante no sé cuánto tiempo iba a ser rehén de aquella mujer. Estuvimos mirando desde la terraza, tras atravesar en el auto la derruida Ciudad Universitaria, los verdes desperezados, aburridos y anglosajones del golf, deporte que María Prisca no practicaba nunca, afortunadamente, de modo que tampoco intentó enseñármelo. Ella iba allí por el bar. A todos los sitios de Madrid y del mundo (Chicote, Venecia, París, la Coupole, Montecarlo, Pasapoga, Miami, Café Gijón, ella iba por el bar). El bar del Club de Golf, nortes de Madrid, orillas harapientas, campamentales y enfermas del invisible Manzanares, era un deslumbramiento de escudos y trofeos, incluso en aquella mañana de azul pálido, en lo alto, como un azul que se hubiese olvidado del concepto de azulidad, una niebla mediocre en las calles, que a todos les hacía mendigos (además lo eran) y un enero civil, urbano, triste, derrotado y golfo que se refugiaba en los cafés de café con leche y media tostada. La cosa heráldica y plateada que tenía aquel bar hacía que nunca fuese día nublado en su interior, pues que la plata de las copas y el oro de los diplomas y las medallas ponía un sol interior fabricado con la acumulación de los más fugaces destellos de luz del exterior. Comprendí aquella mañana que el dinero y el lujo podían conseguir, incluso, una primavera particular para los contertulios de un bar caro.

—Que dice mi marido, el cornalón del Arambol, que me va a retirar la pensión del colegio y las niñas.

—Si será mezquino.

—¿Mezquino? Hijo de la gran puta.

—Él fue quien se marchó.

—Tú cuidas de las niñas.

(Realmente las había metido internas en un colegio escocés para siempre.)

—Los hay chulos y miserables.

Todos le daban la razón a María Prisca en su querella familiar. No por ser la separada de Arambol, sino por ser la amante de Sancho Galia, ministro todoterreno del Generalísimo, que sólo salía de un Ministerio para entrar en otro, a más de sus periódicas y letárgicas colaboraciones de prensa.

Aprendí en aquella mañana del Club de Golf, véspero interior, que la amante de un ministro siempre es más respetada y rubricada que la esposa, como en todo grande hombre, pues se supone que tiene mayor poder sobre él. El rojo de los martinis, el oro viejo del whisky, el xilofonismo alegre de las copas, las platas y las luces, ponían un sosegado fragor de actualidad en la tertulia de María Prisca:

—Disculpadle a Mariano, pero ha tenido que asistir a un acto universitario y no ha tenido tiempo de cambiarse. Lo ha hecho por mí.

María Prisca pedía disculpas por mi camisa azul, muy mal vista por todos aquellos monárquicos, aunque yo fuese el que le llevaba el chal, estendhalianamente, a la marquesa apócrifa y separada de Arambol. Me respetaban. Pero descubrí, con un secreto e inexplicable alivio, que había unas extensiones madrileñas donde la camisa azul era mejor no ponérsela. Ellos iban de cuello duro o blando, pero siempre elegante, negligente, grato.

Empecé a dudar de mi estética de intemperie, tan falangista. La verdad es que yo estaba hecho un jaleo.

Volveríamos otras mañanas a aquel bar espacioso y grato del Club de Golf, que era como un yate secreto y varado en las aguas sucias, mordientes y feas del franquismo. Éstos son los que tienen el dinero, el país, las claves del poder, todo, me dije, y los falangistillas somos cuatro mierdas que andamos chuleando por la calle. La guerra no ha cambiado nada, pero esta marquesa de mierda no va a durar siempre y de momento es lo que tengo.

Por la calle había unos niños disfrazados de falangistas, con el correaje absurdo y la boina roja, que me hacían el saludo fascista, como a todo adulto de camisa azul y con algo patriótico puesto en la solapa. Solían ser los hijos de las porteras, que les afiliaban a eso porque les daban botas y escarpines, y así no tenían que ir al colegio en zapatillas. Me sonreían como si yo fuese José Luis de Arrese, y su sonrisa era un juego de dientecillos breves, débiles, descalcificados. No parece que por ahí vaya a venir el superhombre nietzscheano de Hitler, pensaba yo.

Los desfiles religiosos, con el carnavaleo de las cofradías, y los desfiles cívicos, con las bravías amazonas de Sección Femenina, llenaban siempre la calle madrileña. Había rubias con rizos, había morenas con raya al medio, a la sombra imperial y luminosa de las banderas, y aquellas señoritas me ponían muy cachondo, como siempre la mujer vestida de hombre, que eso ya lo sabía Lope de Vega.

Había apariciones de doña Carmen Polo de Franco, con grandes sombreros aviónicos y rueda de perlas al cuello, y había fútbol, mucho fútbol, con la furia nacional reforzada por extranjeros de nombres difíciles, como Molowny. Dionisio Ridruejo estaba por las mañanas en el Café Comercial, Glorieta de Bilbao, escribiendo cosas contra Franco y en favor de la Falange. Pienso ahora que se iba a escribirlas a un sitio público para que su protesta tuviese así mayor aura de valentía y dar el pecho. Ridruejo era bello, breve y orgulloso. Se envolvía el cuello en gordas bufandas de pastor soriano y tomaba whisky con el café. Escribía la prosa con facilidad y los sonetos con dificultad, y eso se notaba, pero estaba empeñado en ser poeta, como tantas otras cosas que no era:

—Anda, tómate un café, Armijo, que sé que estás de pensión y pasas hambre. Otra cosa no puedo hacer por ti. Ya no tengo poder en ningún sitio, y menos en las revistas o en los periódicos que yo mismo fundé.

—Porque te has ido.

—O porque me han echado. Es igual.

Ridruejo era un mito para nosotros, los jóvenes de la Falange eterna, los falangistas que aún creíamos en todo. Para mí, exactamente, la Falange, como todo el nazismo, era una crueldad necesaria, y me repetía interiormente la frase de Marinetti: «La guerra, única higiene del mundo.» Con esta frase justificaba mis prostituciones a Juan Aparicio, a María Prisca y mucho más. Ridruejo, sí, era un mito errante, un nuevo Ausente, un mito de bufanda y tos, de prosa y vanidad, esa incurable vanidad de los bajitos.

—Es que tengo unas poesías para hacer un pequeño libro y me gustaría tanto un prólogo tuyo, Dionisio.

(Funcionaba entre nosotros el tuteo de los camaradas.)

—Otro día te haré el prólogo. Ahora estoy terminando de escribir unas cosas porque la próxima semana me voy a la División Azul.

—Sí, algo he oído de la División Azul. Una idea de Serrano Suñer, ¿no?

—Bueno, Arrese le ha puesto el nombre. Tú deberías venirte conmigo.

A mí, por dentro, se me reían las tripas.

—¿A Rusia, a ser aplastado por esa bestia de Stalin?

—A aplastar a Stalin, más bien. Allí sólo van los puros, los verdaderos, los limpios, los joseantonianos.

Pero yo quería ser falangista en Madrid, en lo más confortable de la Falange, Alcalá, 44, el *Arriba*, el poder político y el poder literario. Si ya habíamos ganado la guerra al comunismo en Madrid, ¿por qué había que ganársela otra vez en Rusia?

—Eso es lo que se llama roncar al tigre en su cueva, Dionisio.

—Madrid está podrido de militares y de obispos.

—Por eso tenemos que dar aquí la batalla. ¿Has leído mis cosas en *La Estafeta*? —dije en un arranque de vanidad.

—Sí, escribes bien, todo lo que escribes está vivo, pero me parece que nadas entre dos aguas. Un falangista debiera ser más arriesgado, más sincero. Sobre todo un falangista joven.

—Lo que permite Juan Aparicio.

Me miró a través del humo de su cigarrillo, con una mirada crítica, fina, iluminada de alcohol y verdad:

26

—¿No serás tú un cínico, Armijo?

El Café Comercial era una paz de espejos y rentistas, a aquella hora. La Glorieta de Quevedo era un equilibrio de tranvías sobre los vacíos que habían dejado las bombas de Franco. La puerta del café giraba con rumor apacible, metiendo porciones de calle y de frío en el interior.

—No, no soy un cínico, camarada Ridruejo, pero a la División Azul tampoco voy.

Y salí del café sabiendo que aquel hombre nunca le iba a hacer el prólogo a mis poemas. Tampoco me importaba.

Dos

CELIA GÁMEZ ESTABA algunas noches en Chicote. Todavía no se había casado vestida de Virgen y era la amante de Millán Astray, que sería luego padrino de su boda y hasta guardia de orden público, con la calavera ametrallada como una catedral románica, el sombrero de gángster, un único brazo para darle a la novia y unos botines de piqué que le ponían peana dandy y circense a su derruida humanidad legionaria y desplanchada.

A Chicote me llevaba María Prisca, cuando salíamos de noche, y allí estaba Manolete, presidiendo una tertulia de silencio, con aquella elegancia de muerto que tenía, cuando aún ningún toro pensaba en matarle, si es que los toros piensan esas cosas. Allí estaba Fernando Fernán-Gómez, un pelirrojo intelectual, actor gracioso y decían que con mucho porvenir. Algo así como un protegido de Jardiel Poncela. Jardiel también estaba algunas noches, borracho y enano, gracioso y feo, iniciando alocadamente una revolución estilística del humor que luego depurarían Tono y Mihura. Miguel Mihura, madrileño, cojo y triste, no me hacía chistes de *La Codorniz,* sino que me colocaba epístolas morales a Fabio, con esa gravedad atroz de los humoristas, que sólo lo son de oficio, los buenos:

—Mire usted, Armijo, todo esto es una mentira, un cachondeo, una fiesta. Yo me libré de la guerra por esta pata que tengo, pero colaboré con los falangistas, hice *La Ametralladora,* y ahora en *La Codorniz* me he traído de Italia el humor blanco de Mosca y Pitigrilli, porque ni dejan criticar nada ni vale la pena. Ya veo que ha enganchado usted bien nada menos que a la Arambol, que tiene detrás al ministro. Aprovéchese, Armijo, gane dinero, viva bien, publique y cobre, que para eso hemos ganado la guerra a España. Los políticos son todos unos miserables y los militares unos burros. Ustedes los falangistas no tienen nada que hacer aquí, no han entendido esto, salvo ese Girón que ve ahí, uno que se puso chulo en el Alto del León y desde entonces va para ministro. Mi revista la tiene usted abierta, Armijo, que me gusta el toque que usted tiene para la prosa.

El llamado Girón, un gordo paniego, iba de bigotillo y pelo joseantoniano, con todo el uniforme negro y sobrante, y les contaba a las putas de Chicote, las más caras de Madrid, que él iba a acojonar a Franco y a imponerle la revolución social, «porque yo soy un señorito socialista de Valladolid». «Si no llego a Ministro de Trabajo, me la corto.»

Desde aquella noche, estuve seguro de que llegaría.

Miguel Mihura era dulce y malvado, huraño y generoso, genial y bueno, y yo creo que la cojera le repercutía en toda la mitad del alma de ese lado de la pata mala, haciéndole resentido en su genialidad, obstinado en una maldad más teórica que fáctica. Solía estar con una chica muy guapa y muy de pueblo que se llamaba María Antonia Abad. Entre él y Enrique Herreros le pusieron de nombre artístico Sarita Montiel, porque era de los Campos de Montiel, una manchega insistente y cachonda. Andaba mucho con el grupo de *La Codorniz*, y yo no sabía si se la tiraban todos o no se la tiraba ninguno. Mihura fue uno de mis padres literarios de aquellos años, un maestro de cinismo, así como Cela, que ya saldrá, fue un maestro de energía.

Pero a Juan Aparicio le parecía que *La Codorniz* era una revista ácrata, disolvente (tenía celos profesionales), y me prohibió escribir allí, ni siquiera con pseudónimo: «Son unos señoritos frívolos y decadentes; por ahí no vas a ningún sitio, Armijo, camarada, o ellos o yo, el que no está conmigo está contra mí.»

O sea que Madrid no era tan fácil.

Mi María Prisca, marquesa apócrifa de Arambol, amante oficial del ministro Sancho Galia, estaba en una tertulia de poetillas comunistas. A todos los tenía colocados en Obras Públicas, donde tenía mucha mano, de escribientes, y se pasaban el día haciendo poemas contra el nacional-franquismo, hasta la hora del café. Yo me iniciaba en el whisky y pensaba que cada generación tiene no sólo sus ideas, sus hombres, sus nombres y sus modas, sino incluso sus calles. A los del 98 y la República, me decía yo, les pasaba todo en Alcalá, entre Fornos y la Puerta del Sol. A éstos les pasa todo en la Gran Vía, entre Chicote y Pasapoga. Se diría que Franco, más que conquistar Toledo o Barcelona, quería conquistar la Gran Vía, que es ya la calle de los grandes desfiles, más que la Castellana, tan monárquica. Madrid, antes de la guerra, era Fornos, el Ateneo y las Cortes. En el Ateneo estaban los republicanos, en las Cortes los monárquicos y en Fornos las putas. Así que aquello era un poco más ameno y variado. Ahora es que no salimos de Chicote, y ahí está Manolete, bostezando sin abrir la boca, muerto de asco. María Prisca, ya muy borracha, me cogía del brazo para llevarme a casa (más bien para que la llevase yo a ella) en su Rolls/Austin que esperaba en la puerta de Chicote (todo lo tenía falsificado, el coche y el título nobiliario), y apoyaba la cabeza en mi hombro, hablándome con la lucidez del whisky: «Ya veo que alternas mucho en Chicote, te relacionas con Mihura y ésos, los que valen, los que pueden ayudarte, por eso te traigo.» «No me jodas, María, no me protejas tanto.» Pero ya dormía en mi hombro.

La depuración en España va por buen camino, señorito Armijo, que yo eso lo llevo con mucho detalle, como la cuenta de la plaza, lo mismo, Córdoba está en cabeza, por comunista y por roja, con seis mil depurados, o mediante fusilamiento u otro sistema, todo esto sin contar la justicia que el pueblo se toma por su mano, en La Coruña andan ya por los tres mil, cinco mil quinientos en Valencia, en Málaga lo está haciendo muy bien don Carlos Arias Navarro, que es todo un caballero de la Justicia, y en Valladolid el gobernador Romojaro, don Tomás Romojaro, también andan en torno de los cinco mil, y eso que Valladolid era ciudad de los nuestros, aquí en Madrid qué le voy a decir, señorito Armijo, que usted es periodista y estará más al tanto, a mí me mandan noticias de toda España, una, como ya es mayor, tiene parientes y cuñadas en casi todas partes, y les tengo muy dicho que a mí me tengan al tanto de lo que se hace en cada provincia, por el bien de España, los periódicos de aquí de la capital traen algo, pero la verdad es mucho más hermosa, ustedes los periodistas tenían que aplicarse a contar toda la verdad, con pelos y señales, de lo que está siendo la saludable depuración de Franco, mis cuentas, cuando usted quiera, sabe que están a su disposición para publicarlas, sería una alegría para todos los buenos españoles, que se vayan enterando los rojillos esos que andan escondidos, en Alcalá de Guadaira se han hecho maravillas, aunque le parezca a usted un pueblo perdido, y en Paracuellos se la hemos devuelto a Santiago Carrillo, ese satanás que debe andar ahora por los parises, y que está hecho de la piel del diablo. En fin, no quiero cansarle, señorito Armijo, que desayune usted en paz, pero sé que como periodista y como falangista le alegran estas noticias que le traigo, todas confirmadas, ya le digo, y para la próxima semana espero más.

(Doña Aquina, la patrona de mi pensión, era una nacional de rulos en la cabeza y ojos lagrimeantes. Las lágrimas se le iluminaban de júbilo, las cataratas se le llenaban de gloria cuando me iba dando cada mañana, al desayuno, la lista de depuraciones de posguerra en toda España. Doña Aquina, ruin de cuerpo, ricitos de ceniza escapando por debajo de los rulos, bata guateada, como de mujer de taxista, me tenía muy al tanto de las cifras y los muertos, por si yo quería pasárselos a Juan Aparicio. A ella le habían fusilado el marido y el padre los republicanos, así como por Teruel, y se había venido a abrir pensión en Madrid, qué remedio. Su red de información respecto de los ajusticiados mediante garrote y Prensa, o mediante fusilamiento y discreción, era una red muy completa y eficiente, un entramado de parientas, cuñadas, viudas de guerra, criados que habían sido de la casa y vecindonas ágrafas que le dictaban las cartas al marido, adjuntando recortes de la Prensa local. Luego, doña Aquina, ya más reconfortada, después del Correo de la Muerte, se ponía un abriguito de rizo pelado y se iba al mercado con la criada, a hacer la compra del día, más reconciliada que nunca con la España del Caudillo vengador. El día en que el saldo de muertos había sido bueno, doña Aquina hasta nos compraba pescadilla a los huéspedes, que era lo más caro. «Franco está haciendo justicia y hay que celebrarlo.»)

Y yo me iba a la calle, a mis colaboraciones, tras el desayuno de muertos. Madrid olía a gasógeno y colonia de puta. Con Juan Aparicio me encontraba algunas mañanas a García Sanchiz, una especie de cuaco de frente estrecha que «españoleaba» por libre y cobraba de diversos Ministerios, y hasta de la campaña del sombrero, basada en el eslogan de que los rojos no usaban sombrero. Él se ponía uno como de ranchero enriquecido, de pampeano castizo o de alcalde con Sagasta. La guerra de Hitler, su campaña triunfal, se había parado en Rusia. Stalin tenía mucho más ejército del que se había calculado, y la nieve de la tundra era una trampa blanca e inmensa para Hitler, como ya lo fuera para Napoleón. Yo pensaba en el poeta Dionisio Ridruejo, que se había ido a la División Azul sin ponerle el prólogo a mis poemas, y que de vez en cuando mandaba crónicas líricas de la guerra al *Arriba*. Contaba que, a su paso por Alemania, había visto muchos judíos, con su estigma amarillo, «los judíos, en grupo, nos repugnan, ésa es la verdad», decía. Mis poemas, en grupo, parece que también le repugnaban. Los rusos tampoco usaban sombrero, porque iban todos de militar, empezando por Stalin, con uniformes muy blancos, como prolongaciones destelleantes de la nieve al sol. Le sugerí a Juan Aparicio que la campaña de Rusia se había embarrancado un poco:

–Digo yo, camarada, que la campaña de Rusia parece que se ha embarrancado un poco.

–Tú no tienes ni puta idea de eso. Tú eres un joven estilista que tendría que poner más cojones en lo que escribe.

Lo de «joven estilista» me recordaba al pequeño escribiente florentino de Edmundo d'Amicis, que leíamos en el colegio de pequeños. Eso era yo, un pequeño escribiente florentino en busca de la madre, o sea de la gloria.

Cheka, de che y ka, nombre de las letras iniciales de la denominación rusa. Comité de la policía secreta de la Rusia soviética. Fue creada por los bolcheviques en 1918, en sustitución de la okrana o policía secreta zarista, para combatir la contrarrevolución. En 1922 fue sustituida por la GPU, organismo semejante, que ha funcionado en otros países y que sometía a los detenidos a crueles torturas. La checa, castellanizado, es el local en que actuaban estos organismos. En la checa de Porlier hicieron de las suyas los rojos (calle del General Díez Porlier, luego Hermanos Miralles, falangistas que murieron bravamente defendiendo las llanadas de Burgos). En Hermanos Miralles, 36 vivía don Antonio Buero Vallejo, escritor carcelario de izquierdas que ganaría el premio

Lope de Vega de derechas, por una función. En la checa de Porlier, cuando los nacionales tomaron Madrid (unos y otros utilizaban las mismas instalaciones, para qué andarse con mudanzas), fue exorcizado de masonería el dibujante Demetrio, que era bellísima persona y diseñador de hermosas señoritas en cueros para las novelas pornográficas o verdes de antes de la guerra. Demetrio siguió adelante todo el proceso o liturgia del exorcismo, por salvar la vida, hasta que le sugirieron echar espuma por la boca, como imagen visible de que estaba expulsando al demonio. Hasta ahí no llegaban las dotes interpretativas de Demetrio, pero un cura inquisitorial y samaritano le ofreció una concha de jaboncillo que debía situarse bajo la lengua, generando abundante espuma. Así salió el licencioso y masonazo Demetrio del trance de purificación, y quedó libre para siempre del demonio, inquilino tan molesto cuando uno lo lleva dentro. En la checa de Porlier estuvo José Hierro, un joven con ojos de tigre, cabeza prusiana, corazón republicano, padre muerto por los nacionales en un tejado, y poeta posterior. No se sabe bien (ni él lo sabría) cómo José Hierro libró el fusilamiento en la checa de Porlier. En la checa de Porlier estuvo el rojo Zugazagoitia, y éste con peor destino, porque no libró del paseo y el fusilamiento de madrugada. Se conoce que tenía más delito. Don Tomás Borrás, fino estilista de la Falange, que venía de Valle-Inclán a través de Agustín de Foxá, escribió *Checas de Madrid*. *Checas de Madrid* está lleno de revelaciones y exageraciones. Don Tomás Borrás era alto, guapo y maduro mozo al que yo veía por los cafés literarios de Emilio Carrere, y que había casado con la Goya, gran tonadillera que marcó una época, como suele decirse. Don Tomás Borrás iba para estilista perdurable y en la checa de Porlier mis camaradas torturaban, mataban e interrogaban con una saña digna del venerado don Adolfo Hitler. Curiosamente, era más temido el interrogatorio que la tortura. O sea que era un interrogatorio muy peculiar. Desde los zares hasta el señor Zugazagoitia, las checas de Madrid lucían una historia muy hermosa de sangre negra y artes cisorias. María Prisca tiene un joder apresurado y dramático, María Prisca tiene un joder enardecido y catastrófico, María Prisca es como si fuera a expirar en cada orgasmo, y yo sentía como si la estuviese crucificando cuando sencillamente echábamos un polvo. María Prisca, en fin, es una mujer caliente, ardiente, de respuesta sexual fácil, y ya dijo don Ramón del Valle-Inclán (hay que volver a citarle en la misma página): «Ah, mujeres ardientes, y qué fácil es engañaros.» Porque, como gozan por sí mismas y de sí mismas, se contentan con cualquier cosa. María Prisca le pone a la jodienda un largo prólogo de whisky, conversación y chismes del Pardo. María Prisca le pone a la jodienda un epílogo de más whisky, ya servido en la cama por Ángelo, el *valet*.

Tres

MANUEL RODRÍGUEZ, MANOLETE, se estaba en Chicote, por las noches, presidiendo una tertulia de silencio con su elegancia de muerto. Manuel Rodríguez, Manolete, se había negado a torear en Méjico bajo la bandera republicana, con lo que se convirtió en el gran torero del franquismo. Manuel Rodríguez, Manolete, algunas mañanas anónimas, algunas tardes sombrías, torea rojos en las plazas de toros convertidas en cárceles. Y los estoquea. Es una cosa que le pide la afición. Dionisio Ridruejo, en la lejanía blanca de Rusia, era un mito de tos y endecasílabos. Sabíamos que no le habían matado ya por las crónicas que enviaba al *Arriba* y porque, evidentemente, la División Azul nunca entraba en combate. Don Adolfo Hitler, cuando vio que los españoles meaban dentro del casco, durante la marcha, y se comían la ración de mantequilla de la semana en una merienda, decidió que ni los españoles ni los italianos le servían para conquistar el mundo. Manuel Rodríguez, Manolete, tenía una novia, la actriz mejicana Lupe Sino, con la que algunas noches se le veía en Chicote. Chicote era un sitio años 20-30, entre cubista y lenocinio, adonde estaban las mejores putas de España, todas de Mansilla de las Mulas, provincia de León, que es un pueblo que da muy buenas y abundosas y trabajadoras putas. A la checa de Porlier fui con María Prisca a identificar a un maquis que, según propia confesión, me conocía. Le vimos por una rejilla. Era el preso pelón de aquella noche, en la pensión de doña Aquina. Pude haber dicho que no y salvarle, pero dije que sí y le condené a muerte. Lo hice porque tenía miedo de encontrármelo en libertad por Madrid. La conciencia me dolía como una muela, pero, a la salida, el visón de María Prisca nos abrigaba a los dos en su calor y su perfume, que era el de los triunfadores. «Has estado como un hombre», me dijo María Prisca, con un beso de Lucky en la boca.

Conchita Leonardo, gran *vedette* de la época, había impuesto un tipo de española: pelo en Arriba España, melena larga sobre el visón, medias de plexiglás, calcetines blancos y zapatos altos. Madrid estaba lleno de Conchitas Leonardo. Yo salía por las mañanas a un Madrid de tranvías y castañeras y me iba a mis colaboraciones, a mis cobros, a mis cosas, o a ver a Juan Aparicio.

Aparicio me encargó una vez una entrevista a don Carlos Arias Navarro, quien, como ya se ha contado aquí, estaba llevando muy finamente la depuración en Málaga. Arias Navarro se encontraba de paso en Madrid. Era un hombre pulcro, casi tímido, de bigotillo falangista, cierta elegancia civil y peinado muy recio. Me dijo que él estaba haciendo en Málaga lo que el Caudillo llamaba «limpiar fondos a España», en su lenguaje marinero. Yo le aporté algunas cifras de fusilados y me las confirmó. «Está usted muy bien informado, joven.» No le dije que la información venía de la patrona de mi pensión, pero cuando doña Aquina vio la entrevista publicada, fue tanta su euforia que me sustituyó los filetes vegetales (empanados) por filetes de carne de caballo, lo cual ya era un

44

salto cualitativo en mi alimentación. Mejor caballo que berza, me decía yo. Y recordé que algunos cadáveres de ajusticiados se les echaban a los moros de Franco, que comían carne humana. Mejor caballo que rojillo, me decía asimismo. No sé si alguna vez las carnicerías llegaron a expender carne de fusilado, con el pseudónimo de caballo, porque ambos materiales son igualmente correosos e insípidos.

De modo que mi entrevista al depurador de Málaga y provincia fue un éxito de público y crítica. Aparicio me felicitó.

Almorzaba yo, cuando no tenía invitación o cosa mejor, ni tiempo o ganas de volver a la pensión, en algún tabernón de albañiles, y mi camisa azul imponía allí un silencio popular, un respeto excesivo y un buen trato que me privilegiaba contra mi voluntad. Eran mesas largas, de madera cruda, y uno se sentaba donde había un hueco. Los albañiles, chapisteros, porteros del barrio (los que habían denunciado para el paseo al abogado azañista del tercero), compartían conmigo, o yo con ellos, el honesto cocido de la casa. Los porteros, lamerones como son, me dirigían algún elogio indirecto, emocionados por mi camisa azul y mi cartera negra (que sólo contenía recortes de Prensa y una manzana). Los albañiles, más en pueblo puro, guardaban silencio y se comprendía que veían en mí un espía del Poder o algo peor. Sólo con la asiduidad de varios días rompían a hablar ante mí, y entonces brotaba, borbollón de pueblo limpio y puro, su parla anárquica, alegre de vino malo y caliente de palabras fuertes. No dejaba de admirarles, de quererles, pero en seguida me decía han perdido la guerra, que se jodan, no hay otra ley que la selección del más fuerte, si hubiesen ganado ellos, me estarían dando por culo, o estaría yo en un solar, muerto, o fusilado en el frontón, donde se fusila tanto, comido por esos perros que aúllan en la noche a la luna grande del miedo (porque el perro se vuelve lobo y aúlla cuando hay guerra, que él lo sabe, y cuando hay hambre y cuando hay luna). A éstos me parece que no les entra lo del sindicato vertical. Como que, cuando había elecciones sindicales, votaban a Conchita Leonardo y Trudi Bora, que tenía unos muslos germánicos, olímpicos, burlándose así de la democracia orgánica, haciendo nulas todas las votaciones.

A primera hora de la tarde caía yo por el Café Gijón, que era un primor antiguo y desgualdrajado de café fin de siglo, con grandes espejos y largos divanes cansados. Allí conocería a Camilo José Cela, alto, delgado y de través, con algo de su propio *Pascual Duarte,* que triunfaba por entonces. Era el tipo que podía partirte la cara con una chaira o partirte el alma con una metáfora. Todo un joven profesor de energía. Y conocí a César González-Ruano, todo un viejo profesor de escepticismo, con una prosa demasiado fina y culta para la época campamental que aún vivíamos. Y conocí a Gerardo Diego, el único franquista del 27, que acababa de escribir aquello de «Huevo de águila, a Franco nombro». Gerardo era tímido («loquitonto» le llamara Juan Ramón), parpadeante, pasmado como Azorín, torero y sentimental, avariento y buena persona. Cuando se le caían los diez céntimos de la propina, le decía al camarero: «Búsquelos por ahí por el suelo, debajo del sofá.» Y conocí a Antonio Buero Vallejo, autor de izquierdas con un premio de derechas, precozmente hepático, pero hepático del alma, egoísta de sí mismo, posibilista con chepa prematura, novio frustrado de María Jesús Valdés, protector del músico rojo y ciego Rodríguez Albert, a quien encargaba la música de sus obras, y a quien luego traicionó, abandonándolo por un compositor italiano y dando lugar a que el músico le gritase fascista, mal amigo, cabrón, lleno de la ira santa de los ciegos. Pero la verdad es que en el Café convivían muy bien la izquierda y la derecha, compartiendo la jarra de agua y el terrón de azúcar, y hablando sólo de literatura, nunca de política, que todos eran condenados a muerte por unos o por otros.

A media tarde había que dejarse caer por el Ateneo, que también controlaba de lejos Juan Aparicio, y donde los falangistas habían puesto una actividad negra y marcial entre los viejos cuadros y los meditabundos sillones, en aquel clima «liberal» que ellos tanto odiaban. A mí el Ateneo me olía a pensión, y concretamente a mi pensión, la de doña Aquina, sólo que una enorme pensión con tresillos que habían sido de buena familia y algún viejo bohemio histórico, de antes de la guerra, como Mínguez o Ybarra, que la Falange respetaba por falta de sospechas y por mantener el color local de la casa. Mínguez era el que le había dicho a un niño revoltoso, que su madre, intelectuala, llevaba al Ateneo:

—¿Y cuándo vamos a leer en el periódico eso de que has subido al cielo, guapo?

En la biblioteca habían expurgado muchos poemas de García Lorca y en el salón de conferencias había un busto de José Antonio y otro del

Caudillo. Allí hablaban mucho Jesús Fueyo, Jesús Suevos y otros budas del Nuevo Estado, y hasta habló un día un joven estudiante, violento, enterado y de dialéctica vertiginosa, que se llamaba Fraga Iribarne, se cortaba el pelo como los alemanes y pronto se haría famoso por cubrir de almagre las piernas de Rita Hayworth, tan líricas, en todas las carteleras de *Gilda*.

En el Ateneo se podía merendar barato, entre opacos opositores, o entre parejas de opositor y opositora, que se habían hecho novios en el Derecho Mercantil como otros en el Retiro. Todas las conferencias eran políticas y tirando a mitin, salvo cuando hablaban Agustín de Foxá o Eugenio d'Ors, que yo no me los perdía nunca, al primero por la fuerza luminosa de sus metáforas y al segundo por el hechizo de su dicción.

Don Eugenio d'Ors estaba algunas tardes en la galería Biosca, calle Génova, inaugurando alguna exposición, tratando de dotar de una estética propia y digna a aquel Estado Nuevo que protegía un arte viejo, desde la poesía a la pintura. Entre el público siempre había algunos falangistillas, rama sarasas (que también teníamos), tocando los cuadros con su mano lilial y diciendo «qué texturas, Alfonsito, mira qué texturas». Una tarde, uno de aquellos chicos joseantonianos, mitad monja (que no monje), mitad soldado, se le acercó al maestro con una carpetilla de dibujos. Todo eran ángeles delicados, asexuados o femíneos. Y don Eugenio, papalicio, con su voz nemorosa:

–Está bien, camarada, pero los ángeles eran más viriles.

Después a Chicote, a encontrarme con María Prisca, y luego lo que diese de sí la noche. Algunas veces iba al *Arriba*, calle de Larra, a entregar una colaboración. El *Arriba* era un loro que tenía la telefonista y la pistola de Ismael Herráiz sobre la mesa. Ismael Herráiz dirigía el periódico (en lo que fuera *El Sol* orteguiano, incautado) con una inteligencia macho, con una camaradería de pistola y whisky que a mí me admiraba mucho. Una noche entró Azorín a entregar su artículo y saludó a la redacción brazo en alto:

–¡Arriba España!

Hubo cachondeo general.

–Pero hombre, maestro, que eso aquí no se lleva.

Azorín haría luego un discurso a un retrato ecuestre de Franco, por Vázquez Díaz, en Bellas Artes, sobre «los pueblos gobernados a caballo». Azorín era un cobarde que había empezado de anarquista. Yo, siempre que lo veía, recordaba la definición de Azaña: «Azorín no coordina, no hila dos pensamientos.» Azorín solía estar en casa. Sólo salía al cine. Baroja también salía poco, pero ya contaré más adelante mi visita a Baroja, o si no la cuento ahora.

Fuimos Juan Aparicio y yo, de uniforme, a entregarle el carnet de periodista. Era un viejo egoísta, como todos los viejos, con momentos de un humor muy personal y momentos de resentimientos pequeños. Nos dijo muy amable:

–Yo antes bajaba ahí al Retiro, que está muy cerca, a pasear un poco, pero ahora andan por la calle esos cabrones de falangistas y ya no me atrevo.

Juan Aparicio le dijo que la Falange le respetaba mucho y le hizo un discurso nacionalsindicalista e imperial. Al entregarle el carnet, Baroja nos miró y preguntó suspicaz:

—¿Qué se debe?

Giménez Caballero había hecho un libro con retazos de Baroja, *Comunistas, judíos y demás ralea*. Quedaba un libro nazi y Baroja decía que era cosa de Giménez Caballero, pero él cobraba los derechos y nunca denunció la edición. Del 98 nos quedaba Azorín y Baroja y del 27 Gerardo Diego (1), del que ya he hablado. De las vanguardias, Ruano, y ya entre los nuevos valores, Cela. El resto era elocuencia falangista, un renacentismo recalentado, un Machado que la Falange incautó caprichosamente y el otro Machado, don Manuel, a quien llevé mi libro de versos, cuando al fin salió, y en seguida se le cayó encima del libro la taza de café. A mí me gustaba más el cinismo modernista y el Rubén Darío sevillano que su hermano Antonio, tan cívico, tan casto y tan coñazo.

María Prisca y yo estábamos en Chicote, en uno de los asientos semicirculares, disfrutando esa inefable satisfacción de la pareja después de una tarde de amor y locura. Relajados, exentos, felices. Ángelo, el criado, debía estar a las husmas del polvo, porque entraba siempre nada más terminar, con los dos whiskies, oro en bandeja de plata, y me veía el culo. Yo ya iba estando un poco harto de que Ángelo me viese siempre el culo, porque mi culo tampoco es como para enseñarlo:

—El whisky de los señores, perdonen los señores, gracias a los señores.

María Prisca, marquesa apócrifa de Arambol, y yo estábamos protegidos, resguardados por uno de los asientos circulares de Chicote, que se aislaban unos a otros, y en esto que llegaron los jóve-

_____

(1)   Aleixandre y Dámaso vivían en el «exilio interior».

nes poetillas de Obras Públicas, los empleados de María Prisca, con su olor a pensión y Carlos Marx. Ella hizo por tercera vez las presentaciones. Todos eran grisalla, secarral y sovietismo. Pero a mí me daban igual. Había uno, Juan Bosco, gordo, joven, barbudo, melenudo y lento, así como cántabro, que era el mejor poeta del grupo, el más ambiguo y el más peligroso. Yo estaba seguro de que se había acostado con María Prisca. O se seguía acostando. No entendía yo cómo un hombre tan joven podía tener rebarba. Estaba emboscado en Obras Públicas, por mano de María Prisca, haciendo poesía social y jodiendo el invento.

—Has quedado muy macho denunciando al maquis —me dijo.

—¿Qué maquis?

—El que pasó una noche en tu pensión.

—Sólo me preguntaron si le conocía y dije que sí, porque era verdad.

Los celos macho se me mezclaban ya con la repugnancia por aquellos comunistillas sucios, feos, malolientes y cínicos, donde María Prisca sólo cultivaba su piscifactoría de pollas jóvenes.

—¿Es que nunca te vas a cansar, siendo tan joven, de servir al fascismo?

—Yo no sirvo a nadie, sino que practico lo que creo, como tú. Y en todo caso no soy un emboscado protegido por una marquesa, hijo de puta.

La tertulia se puso imposible y yo, al día siguiente, al costado de Juan Aparicio, redacté en la vieja Underwood, negra y bella como una locomotora antigua, un reportaje sin firma que titulé «Elementos subversivos infiltrados en organismos oficiales». Le di detalles del tema a Juan Aparicio y seguidamente la policía investigó. Los cogieron a todos, menos a Juan Bosco, que aquel día, sutilmente, no había ido a la oficina. Mi enemigo seguía suelto por las calles de Madrid. Me propuse acabar con él, por razones sentimentales y políticas. Pero estaba inencontrable. Al maquis de mi pensión lo habían fusilado, pero a mí eso me daba igual. Al que había que fusilar era a Juan Bosco.

María Prisca, marquesa apócrifa de Arambol, me recibía algunas tardes en su piso de la Castellana, número alto, y primero hablábamos de cosas, más ella que yo, y luego nos íbamos a la cama:

—Lo de esos chicos ha sido cosa tuya, ¿no?

—Piensa lo que quieras.

—Pienso que eres un traidor.

—Juan Aparicio me paga por eso.

—También yo te pago.

—En whisky y cama.

—¿No serás tú un cínico, Armijo?

—Lo mismo me ha preguntado Dionisio Ridruejo, en un café.

—¿Y qué le has respondido?

—Que no, porque un cínico siempre niega lo evidente.

—Juan Bosco está en libertad.

—Espero que me defiendas contra él.

—¿No se te ocurre nada para neutralizarle?

María Prisca, marquesa apócrifa de Arambol, ciega de cocaína, elocuente de alcohol, sedada de somníferos, sin duda esperaba de mí una respuesta tranquilizadora para todos.

—Claro que se me ocurre, María. Yo le hago una glosa entusiasta a la poesía de Juan Bosco y al día siguiente se me abre de piernas. No hay poeta que no se entregue por una buena crítica.

—Eres hasta más listo que yo. Te adoro.

Y nos fuimos a la cama, con el número subsiguiente de Ángelo, de uniforme, entrando con la bandeja de plata y los whiskies y mirándome el culo. Una noche, en una cena de María Prisca, me encapriché con un salero de la marquesa que figuraba una palomita de plata maciza.

—Toma, que ya veo que te ha gustado la paloma. Para ti.

Y me la metió en el puño. Al día siguiente la empeñaba yo en un empeñista de la calle Postas, que tenía cara rubia y buena de filósofo de provincias. «Son trescientas como mucho, que luego no volvéis a por lo robado.» «Venga las trescientas y le prometo que yo vuelvo.»

Cuatro

SERRANO SUÑER DESPEDÍA a la segunda leva de la División Azul, Alcalá, 44. La mañana tenía la cualidad luminosa de una vasija. Era Madrid. Había una multitud de hombres (más atrás sus novias) esperando la palabra de Serrano en el balcón, entre el yugo y las flechas gigantescas e inútiles. Serrano, que diseñaba sus propios uniformes, en conformidad con el dandismo nazi, salió al balcón y dijo aquello de «Rusia es culpable», plagiado de Ortega, *«Monarchia est delenda»*. Pero los divisionarios no habían leído a Ortega y yo estaba entre ellos.

Los instructores de la Escuela de Mandos José Antonio eran la más pulcra imitación del nazismo. Las Milicias Universitarias eran más bien como un fascismo mussoliniano, universitario y señorito, que hubiera gustado mucho a Malaparte. Madrid se iba llenando de uniformes y desfiles, era una ciudad/cuartel. Yo sentía que mi ambigüedad entre el relajo bienoliente del Club de Golf y el militarismo del sistema, «el laconismo militar de nuestro estilo», era exactamente lo mío, lo que quería y creía, en fin. En una palabra, que no me estaba traicionando.

Sobre este evento divisionario le hice a Juan Aparicio un reportaje muy bonito. Dionisio Ridruejo redactaba sus Cuadernos de Rusia, líricos y nazis, entre la tisis y la nieve, recebado de whisky. Los tranvías reventones corrían por Madrid como una hormiga con exceso de carga. La gente falsificaba de todo. Y esto nacía de que habían empezado por falsificarse a sí mismos. Ana Mariscal se falsificaba de hombre para hacer el Tenorio, una cosa que parecía muy moderna, pero que ya está en Lope. La atleta catalana María Torremadé fue después un señor, padre de familia. Había que falsificarse para sobrevivir. Miguel Mihura me daba lecciones de escepticismo por las noches, en Chicote. Él se había falsificado haciendo un teatro burgués, ya que sus *Tres sombreros de copa* no los entendía la burguesía franquista. Todos éramos monederos falsos. Allí las únicas que iban de legales eran las putas de Mansilla de las Mulas, provincia de León.

Álvaro de Laiglesia, el joven falangista de Chicote, me contaba que él estaba encuadernando su biblioteca con piel de la espalda de mujer rusa y joven, o sea de panienka, pieles que había arrancado como avanzado de la División Azul. A Jardiel se le veía agonizar entre putas y botellas. Tenía las ojeras malas del señorito vicioso que pierde sus noches tontamente, cuando un polvo se resuelve en media hora. Eso de la farra, muy vigente entonces, y herencia de nuestros padres, era cosa en la que yo no había creído nunca. Éramos ya la generación del polvo directo. Los nacionales comían el plato único en toda España y yo cenaba el plato triple, o sea la paella de Riscal, con Damián Rabal, el hermano inteligente del gran actor, con su cara de Edward G. Robinson pasado por el pugilismo duro de Vallecas, que me decía:

—Mira, Marianito, yo pasé en una noche de los chicharros al caviar.

Damián era del comunismo exquisito, tenía

58

una voz mucho mejor que la de su hermano, como de Manolo Caracol con jubiloso cáncer de garganta, y se había escapado de Cuelgamuros, donde hacía trabajos de Redención de Penas por el Trabajo, aquel invento de un cura de Franco, picando piedra para el Valle de los Caídos. Eran mundos que me iba descubriendo María Prisca.

De vez en cuando íbamos en masa a la Plaza de Oriente, a vitorear a Franco, y yo me mezclaba allí con los pardales de toda España, venidos por cinco duros y un bocadillo de jamón de jabalí. Subido en una de las farolas fernandinas de la plaza, veía al Caudillo, joven, tranquilo e implacable, aforrado de Fernández Cuesta y otros ilustres, condenando las corruptas democracias europeas. En Postdam se acordó el cerco internacional a España, y yo le hacía a Aparicio brillantes reportajes sobre todo esto, para que los repartiese por su agencia nacional. Era el encargado de ponerle la doctrina a lo que en mí era simple narración. De modo que nos entendíamos muy bien. Aparicio fue un padre para mí.

El cardenal Segura, con cara de paleto y manos de labrantín, mordidas por la tierra, como de haber arrancado el tomate directamente de la mata, se oponía a Franco porque quería una España satélite del Vaticano, una España/Castelgandolfo, y los falangistas paganos estábamos contra eso. Segura era el príncipe de la Iglesia y Gomá el príncipe del nacional-catolicismo. Una guerra entre príncipes a la que el Generalísimo asistía mudo y complacido. En todo caso, a él seguían sacándole bajo palio. La presentación de obispos a Franco era obligatoria, y por ese trance pasó gustoso don Vicente Enrique y Tarancón. María

Prisca tiene un joder sentimental, ardiente y voluntarioso. María Prisca sabe rodear el polvo de conversación y buenas maneras y, después de la jodienda, que no tiene enmienda, parece llorar por lo puta que es, o por el placer tan presto ido, mientras entra el *valet* Ángelo con los whiskies y me mira el culo una vez más. Sancho Galia, ministro rotatorio del Caudillo, no nos fallaba en el cheque ningún primero de mes.

Gabriel Arias Salgado, vicesecretario de Educación Popular, era el máximo ejecutor de la censura oficial. Yo le vi de uniforme parafascista, gafitas de teológico y obsesiones con Dios y el Diablo. La censura no respetó ni al gran escritor falangista Rafael García Serrano, que estaba en el *Arriba* con mostacho y cuello abierto de tenor de ópera, cantando siempre, en su gran prosa, la guerra civil como unos sanfermines, era pamplonica. De mis cosas siempre hizo un gran elogio. Yo creo que había confundido el fascismo con su propia juventud. Las señoritas se bañaban vestidas en las piscinas de Madrid, que otra cosa no consentía la decencia. Pinito del Oro se jugaba el coño todas las tardes en lo más alto del trapecio. Al *Arriba* llegara un día Emilio Romero, chico de provincias, con unos versillos malos. Lo recibió Pedro de Lorenzo y se lo llevó a un sotanillo que había enfrente, El Puchero, con buena cocina nacional. (Los del *Arriba* se pasaban el día, y la noche, y hacían el periódico en el Comercial de la glorieta de Bilbao, cercana, bacheada de obuses de Franco, donde escribía sus artículos Dionisio Ridruejo antes de irse a Rusia.) El laurentino no le dijo a Romero que sus versos fueran malos, sino que su camino era la política. Y Romero, que venía para ministro de Franco, no pasó en 50 años de director de *Pueblo*, un periódico hecho con el dinero que el Sindicato Vertical robaba a los obreros. Mi ilusión era publicar en *Pueblo*, que se leía mucho. Fabián, el mecánico de María Prisca y del ministro, aparecía de tarde en tarde por la pensión de doña Aquina y me pedía que le acompañase. Llegaba a aquella calle de Argüelles, pequeñoburguesa, reventona de tranvías, con el gran coche ministerial, negro y con la bandera nacional visible, esparciendo curiosidad en el vecindario, perplejizando a mis compañeros y a doña Aquina. Que viene a buscarle el coche de un ministro. Que don Mariano tiene mucho poder. Y entonces por qué sigue en esta pensión de mierda. Y entonces. Fabián, el mecánico, que tenía más personalidad de espalda que de frente, me explicaba en el descansillo de la escalera, para mayor discreción, que la señora estaba muy mal, que entre los dos teníamos que llevarla urgente a la clínica. Y nos íbamos en el gran coche negro, sin ceder el paso a los tranvías, con la urgencia y la autoridad de la bandera ministerial, a buscar a María Prisca, ciega de coca, de whisky, de tabaco, de vida y de muerte, intoxicada de todo. Entre Ángelo y yo recogíamos su inmenso cuerpo de diosa, de reina, de madre primera, un cuerpo romano y románico, de pechos grandes y coño profundo, con la línea escultórica de los hombros y la égloga épica de la hermosísima cabeza vieja y enferma. Le poníamos un camisón rosa, la envolvíamos en mantas y la bajábamos al coche, donde esperaba Fabián, no autorizado a ver tales desnudeces.

—Que ha mandado el señor ministro que entre usted y yo la instalemos en el sanatorio.

O sea que el señor ministro estaba al tanto de mi existencia, o más bien daba por supuesta, siempre, la existencia de otro hombre en la vida de María Prisca, al cual le imponía estos trabajos clandestinos como precio por su propio anonimato ministerial. Y el automóvil rodó silenciosamente por Madrid, sin la avilantez del gasógeno, entre solares que perfumaban primaveralmente a cadáver fresquito, todavía con su gorra Durruti, fusilados de aquella madrugada. Gracias, Marianito, gracias, nunca faltas cuando te necesito, babeaba María Prisca entre la inconsciencia y el lirismo. Así, desnuda bajo las mantas, diosa de yeso y droga, era mucho más grandiosa y acuciante que en su papel de marquesa apócrifa. Me la hubiera tirado allí mismo, en el coche.

Días más tarde, cuando en el sanatorio ya le habían devuelto la vida y, sobre todo, su mágica lucidez, iba yo a verla. El sanatorio era casi secreto, fundado por un médico del Régimen piadoso y beato, que solía dirigir rosarios colectivos en el Retiro, con el padre Peyton. Unos decían que era López Ibor, aunque yo pensaba en otro. Un día apareció López Ibor, de todos modos, y yo, con el truco de pedirle un autógrafo, tuve una conversación con él, de la que tomé algunas notas. Su escritura es digna de un análisis, me dijo. Mi escritura sólo la entendía yo. A este sanatorio casi secreto, nortes de Madrid, sólo acudían mujeres de las alturas del Régimen, para abortar, para desintoxicarse del alcohol o la droga, para perder peso o para hacerse las primeras operaciones estéticas, que les corregían la nariz o les englobaban las tetas. María Prisca no necesitaba corregirse nada, sino el capricho de la coca o la demasía del whisky. En mis visitas al sanatorio la encontraba sentada en la cama, en tertulia con algunos conocidos del Club de Golf. Todos bebían whisky y yo, por réplica falangista, pedía un descafeinado de los primeros que hubo en Madrid.

—Ven que te lo preparo, tú no te das maña para nada —decía María Prisca para el auditorio—. Es un genio político, pero un baldado para estas pequeñas cosas. Por eso le quiero.

Yo, a María Prisca, se conoce que la ponía maternal, o sea cachonda. Yo era el único que se sentaba en la cama, cerca de ella, y me gustaba pasarles delante a aquellos gilipollas del Golf. Cuando todos se habían ido discretamente, yo me follaba una muerta bella, exótica, viviente, decadente y muy literaria.

Los madrileños hacían cola para ver *Raza*, la película de Franco de que ya se ha hablado aquí. A Juan Bosco, el joven poeta comunista de Obras Públicas, desaparecido, escapado a *mi* redada y denuncia, le hice una crítica muy elogiosa, en *La Estafeta Literaria*, de su libro *Hoces y cuchillos*, de alarmante título. En este libro presentaba a España como una Virgen de los Dolores atravesada por las siete espadas de sus grandes ríos. La metáfora religiosa le servía para pasar de contrabando un tipo de poesía que empezaba a llamarse socialrealista, y que era directamente socialista o comunista. No hay poeta que no se pierda por la vanidad, aunque sea comunista, y un día me llamó el desaparecido Juan Bosco a *La Estafeta* para darme las gracias y hasta me dio una cita para tomar unas copas. «En el fondo podemos entendernos», dijo el muy servil. No le conté nada de esto a María Prisca, que seguía en su sopor y su sanatorio. La cita con Juan Bosco era en un club de jazz de la calle Villanueva, donde tocaba el piano un negro ciego, Tete Montoliu, reuniendo en torno una intelectualidad esnob y sospechosa. Por aquellos años, mientras España cantaba por los patios a Concha Piquer y Lola Flores, se conspiró mucho, desde la izquierda intelectual, a la sombra ciega, sinuosa y extranjera del jazz. Por fin aparecía Juan Bosco ante mí, el hombre que me había insultado en Chicote, escapando luego a mi maniobra envolvente y a los servicios de Juan Aparicio. Nuestra conversación fue una repetición por mi parte de todos los elogios que ya le había hecho por escrito. Juan Bosco me escuchaba encantado, aunque emboscándose en el tabaco, el whisky y el jazz. Tete Montoliu ponía en pie el mar de su piano, o le hacía deslizarse como una ballena melódica por los mares ciegos de la música. El jazz era una cosa que se oía mucho en las películas americanas. El jazz suena siempre a noche caliente en la plantación algodonera, negros sentimentales quejándose largamente de algo, no se sabe de qué, y deslizamiento de serpientes gordas y buenas entre el sueño blanco de los niños negros. Juan Bosco estaba un poco más gordo y más barbado, se tomó varios whiskies mientras yo apenas probaba uno y me emplazó para una nueva conversación, donde teníamos que «intercambiar ideas en profundidad». O sea que iba a hacer proselitismo conmigo. La gente hacía cola a la puerta de los cines para ver *Locura de amor*. La guardia mora de Franco cruzaba la ciudad casi todos los días, con o sin el Caudillo en torno, por entre avenidas de solares, casas con el orinal al aire y banderas españolas del barrio de Salamanca. Franco, cuando los bombardeos de Madrid, había mandado respetar el barrio de Salamanca y sus gentes, aunque esto sirvió más bien para indicar a los milicianos hacia dónde tenían que orientarse para hacer sus sacas, paseos y desvalijamientos. En la checa de Atocha, donde estuvo la primera imprenta del Quijote, se torturaba con las mismas herramientas, aún calientes de sangre, que habían utilizado los rojos. Era una checa muy eficiente y donde se llevaban las confesiones, declaraciones, torturas y penas de muerte con mucho esmero burocrático y hasta un cierto aseo dentro de la inevitable dureza de los interrogatorios. La checa de Atocha, imprenta del Quijote, era casi como una peluquería cruenta para condenados a muerte. Sara Montiel, la muchacha aquella de Chicote, amiga de Mihura y los de *La Codorniz*, empezaba a salir en las portadas de *Semana*, de modo que el mundo, nuestro pequeño mundo de estraperlistas y cadáveres que pedían limosna, empezaba a tener rostro. En España empezaba a amanecer.

A la pensión de doña Aquina llegó una señorita muy solitaria, delgada y de buenas palabras. Se llamaba María de la Escolanía, la guerra la había dejado huérfana y un poco tísica, sólo un poco. María de la Escolanía ya es una más en la casa, tiene el pelo muy negro y liso, la cara muy blanca y casi bella, con una belleza que no era como para salir en el *Semana*, poco llamativa, quiere decirse, y se veía que era de buena familia. Muchos días comía en su habitación, incluso en la cama, porque se encontraba peor de la tos. A mí me prometió leerme, en cuanto le dije que era periodista, porque María de la Escolanía era una señorita que hasta leía periódicos. Tenía unas manos largas, pálidas, puras, pureza sólo escandalizada por el rojo de las uñas (también el rojo de la boca me pareció excesivo, pero era la moda). Su cuarto de la pensión lo había dejado muy doméstico, aseado e íntimo con aquellas manos cansadas y hacendosas. Algunas noches bajamos juntos al cine de la esquina, sesión continua y programa doble, a ver *Locura de amor,* que era muy bonita. Los dos policías que esperaban a Juan Bosco a la puerta del club de jazz lo cogieron de madrugada, cuando salía borracho, y se lo llevaron directamente a la checa de Atocha (quizá sigue allí), donde se hiciera la primera y hermosa edición del Quijote.

Conrado Sanmartín hacía *thrillers* a la española donde todos los presos eran comunes, cuando de lo que estaban llenas las cárceles −Carabanchel− era de presos políticos, ideológicos. Las señoritas de Auxilio Social, que eran muy bondadosas, repartían víveres a la población. Había una cartilla para el racionamiento de pan. Los huéspedes de doña Aquina le entregábamos a ella la cartilla y doña Aquina se ocupaba de tenernos bien alimentados, aunque sospecho que algún estraperlo hacían con nuestro pan y nuestras cartillas. Don Jacinto Benavente escribía su teatro para los nacionales con cartilla de primera. Zarra metía los goles de reglamento. Perico Chicote pastoreaba sus putas de Mansilla de las Mulas con discreción y buenos modales, y servía cócteles en las fiestas del Pardo, siempre con muchos obispos. Los Vieneses trajeron a las Vienesas, que tenían unos muslos sobrealimentados, muy hermosos, espectaculares y de buen gusto para los españoles. Los muslos de las nacionales se habían marchitado algo con la guerra, pero en cambio guardaban entre sí una pureza mucho más valiosa e inapreciable que los brillos de la carne. Las señoras de viscosilla estampada y las porteras hacían cola para todo, pero en las colas se iba fraguando la unidad franquista de los españoles. El hambre y las guerras son una cosa que une mucho y acaba saludablemente con la lucha de clases. El pasodoble de Marcial Lalanda seguía perfumando Madrid con olor a domingo de antes de la guerra, claveles sudados de ir entre los pechos del mujerío y estiércol de caballo que ponía barroca la calle de Alcalá, por donde relucían los andaluces.

Cinco

MADRID VOLVÍA A SER una ciudad color mujerío y con el verano volvieron las terrazas de los cafés a la calle, entre meadas de cerveza y el cadáver de la gamba, que daba gusto pisar con su leve crujido. Uno tenía el placer de pisar las gambas que se estaba comiendo otro. Era una manera de participar en la pálida y culpable prosperidad de las nuevas clases, una gente de sombrero muy ajustado, gafas negras, puro habano, chaqueta blanca de lino, que era la moda, y los zapatos blancos y negros, de rejilla, para el sudor de los pies, que los nacionales y los estraperlistas puede que tuvieran las manos limpias de sangre, pero no eran muy de lavarse los pies. Benedicto era comunista perdido y estaba en Carabanchel cumpliendo condena indefinida o esperando sentencia, no sé. Benedicto era alto, afilado, perfil de cuchillo, juventud de judío pobre, gafitas inteligentes, barbita de mártir antiguo y voz conspiratoria. María Prisca lo primero que hizo, al salir del sanatorio, fue llevarme a ver a Benedicto, un rojo que el ministro le había quitado de las manos porque ya era demasiado. Benedicto estaba acusado más o menos de todo, incluso de violencia, que los comunistas de aquellos primeros tiempos eran un poco violentos, hasta que Carrillo eligió la vía de la conspiración callada, silencio y sombra, eficacia y buen porte. Carabanchel, por las mañanas, a la hora temprana de visitar a los presos, era una tundra cruzada por lejanos tranvías sonámbulos, y dejábamos el coche ministerial un poco lejos de aquella multitud color impaciencia, color hambre, color mierda, que eran los familiares de los presos.

María Prisca, con su visonazo, sus grandes gafas negras de estrella de cine, su hermosa melena plata y su estatura, era un espectáculo en aquel sitio y a aquella hora. Que es una artista que tiene un hermano rojo sufriendo mucho ahí dentro, pobrecita, decía el personal. Que es de las nuestras, sólo que ha hecho fortuna con su arte. Alguno de Abastos la protegerá. Si no tuviese dolor no estaría aquí a estas horas, que falta se ve que no le hace. Benedicto no era hermano de María Prisca, sino, seguramente, uno de sus novios rojos y adolescentes, por el que se interesaba en particular dado el porvenir del muchacho, que podía ser la pena de muerte. En el locutorio nos saludamos apenas, mientras ellos hablaban y me pareció un judiazo comido por las usuras de la conspiración, el resentimiento y el miedo, una hilacha de comunista con el que ya tendrían que haber terminado de una hostia, los carceleros. Carabanchel, por dentro, olía a manta meada y hombre dormido, a la cena de anoche y las enfermedades de los presos, al dulce sabor de la tortura y la miel guarra e intolerable de la santidad. María Prisca le llevaba a mi predecesor (sin duda lo era) tabaco camel, mortadela, whisky americano, periódicos en idiomas enemigos, que anunciaban la derrota de Hitler, gran engaño, más sus besos fugaces y dramatizados, que ponían carmín de coña en la fiebre de aquel tísico maligno y elocuente. Me jode que tengas líos hasta con los presos, decía yo en el coche de vuelta. Benedicto es bueno y tenemos que hacer algo por él, Mariano. Me propuse desde aquel momento conseguir el fusilamiento del judío, utilizar a Juan Aparicio, lo que fuese. Pero no le dije nada a Prisca. Madrid, de regreso, volvía a ser una ciudad color mujerío, y las primeras terrazas se extendían por la Gran Vía y Serrano, con una alegría batelera y casi donostiarra.

Carlos Arruza y Conchita Cintrón triunfan en el ruedo ibérico. El supermacho y la superhembra. Stanton Griffis presenta las cartas diplomáticas de Estados Unidos a Franco. Comienza el deshielo. A los españoles nos daba un poco igual. Franco queda como un embajador de película cómica, y las bandas y fajines le atirantan la tripilla y el culecito. Franco no es mi hombre, que mis convicciones son estéticas, y prefiero el adonismo de José Antonio o la bohemia golfa, ilustrada e italianizante de Eugenio Montes. La Falange quiere aportarle a Franco una estética que Franco no entiende ni disfruta. Y así. Las verduras vuelven a la calle como la realidad párvula y alimenticia de España. No todo lo había trillado la guerra. Hubo huertos recoletos donde floreció la alcaparra, la berenjena, la cebolla, el indignado tomate y el hacendoso puerro.

Películas americanas y futbolistas huidos del terror ruso. A Carmen de Lirio, la gran *vedette* de la revista decente y nacional, le hago una entrevista muy literaria —uf, qué alivio, después de tanta política— y, al saludarme, me deja en la mano un guante de perfume que huelo todo el día y toda la noche. Gilda escandaliza la Gran Vía, por donde un día pasó el Ausente, a hombros de Sánchez Mazas y otros, camino de Cuelgamuros, en una mañana unánime, romana, de palmeral de manos y silencio tenso, un silencio cargado de signos, de miedos y de versos. A España viene hasta Tarzán, quien no viene es un hombre como el Ausente, por limpiar el sistema policíaco de Franco y levantar la España falangista, ahora que Hitler está ganando la guerra. María de la Escolanía tiene un joder dulce, monjil, sereno, enamorado, decente y fascinante. María de la Escolanía es la querida de un rico de Tarancón, un solterón terrateniente que la ha instalado en casa de doña Aquina mientras encuentran un piso nuevo, moderno y bonito, como su nido de amor.

El amante de María de la Escolanía anda en sus cosechas, su caza de la perdiz roja y su tempero. Vive con una madre grandiosa y mezquina que no le permitiría matrimonio que no fuese de rentas y por conveniencia. Sigue soltero a sus cincuenta, se remedia con meretrices de Chicote o del Abra y ahora ha encontrado a María de la Escolanía, huérfana virgen de la guerra, que se le ha entregado por bueno, por honrado, y por las cestas de huevos y la provisión de caza que le trae todas las semanas. En cuanto María de la Escolanía se mude al piso secreto de su hombre, la habré perdido para siempre, pero de momento, por las noches, al subir del cine de abajo, de ver *Luz de gas*, pasamos la noche en su habitación (doña Aquina se entera o no se entera), y es el suyo el amor de la esposa fiel que jode con unción, convencida de lo que está haciendo, y que me da un cuerpo de nardo y tos, de lirio, alhelí, enfermedad, juventud y hambre. La verdad es que disfrutamos mucho. María de la Escolanía es una romántica de novela rosa de quiosco.

Gloria Lasso pone música a nuestro amor de

pensión completa. Luis Escobar mariconea por los teatros nacionales y hace una vanguardia blanda que adecenta el panorama y no molesta mucho al sistema. Hasta se atreve a poner *Yerma*, del fusilado García Lorca, y cosas así. Salvador Dalí pone un Tenorio surrealista y Buero Vallejo vive de las rentas de una pena de muerte conmutada. No se puede decir que Madrid no tenga una vida espiritual.

María de la Escolanía y yo vamos a todo (que no se entere de esto María Prisca), y hasta figuramos ya entre los estrenistas. Juan Aparicio me da los vales y yo hago algunas crónicas. Excepto los miércoles, que llega el señor de Tarancón, con su cesta de comestibles, sus conejos muertos en la otra mano, su uniforme de cazador, su sombrerito verde y tirolés, su bigotillo franquista y su nariz encendida de bebedor, todo en un Ford T viejo e ilustrado de barro que es el pasmo de los vecinos, como el coche con bandera nacional que a veces me manda el ministro.

No tengo celos del ministro de María Prisca y tengo celos del terrateniente de María de la Escolanía. ¿Cómo funciona esto de los celos? ¿Es una cosa del cuerpo o del alma?: ¿estoy yo enamorado de María de la Escolanía? Quizá, no sé, yo qué sé. Franco se asoma cada cierto tiempo al balcón de la Plaza de Oriente y de eso vamos viviendo. Siempre dice las mismas cosas, pero parece que la Historia le da la razón, aunque hay periódicos que empiezan a desconfiar de la victoria de Hitler. Juan Aparicio me dice que eso es derrotismo, que la victoria del nazismo es matemática, científica, calculada, segura. Yo le digo que sí, mayormente porque me paga. La bandera española condecora nuestras vidas. Yo creía más en la bandera falangista, que era roja de sangre y negra de dinamita. La Falange era una cosa estética y yo me pierdo por la estética. Franco, culoncillo y carnosito, es poco estético. En la pensión de doña Aquina me alimento de maíz argentino y besos secretos de María de la Escolanía, que tiene la avidez de todas las tísicas y el romanticismo de todas las muertas. Somos discretamente felices, con una felicidad de pensión y cine de sesión continua.

Ignacio Ara, Paco Bueno y Luis Romero defienden el boxeo nacional con furia española y técnica americana. Rafael Gil nos echa unas películas muy bonitas a María de la Escolanía y a mí, en el cine de abajo. Sáenz de Heredia va más por la línea oficial de *Raza*, que se aprende mucha Historia de España. Antonio Casal está muy bien en *Huella de luz*, una bonita historia de Fernández Flórez. María de la Escolanía y yo aprovechábamos todo este romanticismo cinematográfico para besarnos, y yo me comía toda su barra de labios, que hasta era alimenticia. Entre película y película nos echaban el NODO, y yo le explicaba a María de la Escolanía la verdad y la mentira de cada noticia. Incluso trabajé una temporada en el NODO.

En la pensión teníamos una radio Philips. María de la Escolanía tenía otra más pequeña y más mona, y nos metíamos en su cuarto a oír la radio, o la poníamos muy alta por disimular nuestras noches de amor. Juan Aparicio lee un artículo mío sobre la vigilancia en las cárceles. Mi tesis es que la vigilancia en la calle está muy perfeccionada, pero que en Carabanchel, entre la promiscuidad de los presos, sigue habiendo gente peli-

76

grosa que continúa trabajando contra el Régimen.

–Te conozco bien, Armijillo, y tú esto no lo has escrito como generalidades, que no es lo tuyo, sino pensando en alguien concreto.

Juan Aparicio tiene una calva macho, una ironía erudita, una paz que es la bendita paz de los verdugos, y un paternalismo que me jode un poco. Pronto vamos a parar a la ficha de Benedicto no sé qué. Dentro de una semana lo tienes trabajando en Cuelgamuros. Eso está bien, tísico perdido, aguantará poco. Lo malo va a ser, pienso, cuando se entere María Prisca. Seguro que me da por sospechoso. Pero ahora me importa más Escolanía. Juan Aparicio me llama a su despacho, me invita a coñac francés, una hora intempestiva, y me explica:

–Verás, hay vacante una plaza de informador social.

–«Informador social.» O sea, soplón.

–¿Soplón?

–Quiero decir confidente.

–Tus ingresos mensuales subirían notablemente. Tendrás que cambiar de barrio y residencia cada pocos meses, eso sí.

–No me gusta.

–Tú tienes instinto para tratar con la gente, para mezclarte con ella, tú eres pueblo puro, pero pueblo ilustrado. Nos puedes ser de mucha utilidad.

Juan Aparicio es un Mussolini que fuma unos puros priápicos. Juan Aparicio es un Napoleón con muchas más úlceras que la del estómago. A mí me va el falangismo apolíneo de José Antonio. A mí no me va el burocratismo pancista y mimético de los administradores de la Victoria. Con ese dinero extra podría prescindir de las ayudas de María Prisca y dedicarme enteramente a Escolanía. El hombre siempre se pierde por la mujer. El cigarro puro de Juan Aparicio huele bien, huele muy bien, y me envuelve en un clima de paternidad, seguridad, confort y confidencia. A los cuatro días me trasladaban a una pensión de la calle de la Madera, donde yo tenía que detectar «descontentos», era como les llamaban. Me despedí de María de la Escolanía como si me fuese a Australia, pero seguía vigente nuestra cita de los jueves para ir al cine. Y luego el cine que hacíamos nosotros en la cama. Me despedí de doña Aquina con la promesa de volver mucho por allí.

Me quedaba sin la información puntual de doña Aquina sobre la represión y la depuración de España por Franco, llevada por los nacionales provincia a provincia, y que ella me daba a través del lagrimeo deleitoso de sus cataratas. Me quedé sin la presencia continua de Escolanía o Escola, que es como la llamaba yo, pero ahora lo que me atormenta, en mi piso de la calle de la Madera (cuando en verdad era de madera, la taconeaba mucho Quevedo), es que en vez de carrera literaria estoy haciendo carrera de confidente. Mis artículos y cosas, hasta poemas, siguen saliendo en las publicaciones de Aparicio, pero la literatura ha pasado a segunda profesión. Lo mío, ahora, es denunciar. Digo que soy estudiante de Letras y que la política no me interesa nada. Lo que quiero es hacer unas oposiciones y ganar una plaza de profesor de literatura en un instituto de provincias. Un empleo tranquilo para casarme con la más rica del pueblo. Y una mierda. Jorge Sepúlveda canta *Santander* con mucho sentimiento y dolor de corazón, y las armónicas del Frente de Juventudes, que a veces presido, lo imitan muy bien.

Goyoaga monta un caballo blanco que le da muchas victorias hípicas, ya que no épicas, a España. Samaranch triunfa en el deporte catalán. Arturito Pomar triunfa en el ajedrez. Delio Rodríguez pedalea como Dios. Yo soy un falangista enamorado de José Antonio, de la estética adónica de la violencia, pero me jode encontrarme metido de lleno en el regazo ambiguo y excesivo de Franco, que para mí es Juan Aparicio, al que odio y admiro. Yo soy el chulo de María Prisca, marquesa apócrifa de Arambol, y el amante de pensión de Escolanía. A lo único que aspiro es a escribir cada vez mejor, pero para eso hay que pasar por la delación, el crimen y el cinismo. Bernard Shaw dijo que el artista tiene que empezar por matar a su madre.

Carmencita Franco y el marqués de Villaverde se casan en El Pardo. Villaverde es un cirujano irónico que, mientras tiene un obrero joven de la Seguridad Social en la cama de operaciones, a corazón abierto, hace chistes con el equipo quirúrgico y mira las piernas a las chicas de la lucerna, las estudiantes de medicina que asisten desde arriba a las magistrales actuaciones del médico. Ava Gardner y Mario Cabré ponen el filme real y sentimental, cosmopolita, que le faltaba a la vida española. En Madrid siempre es Semana Santa y en Barcelona siempre hay un Congreso Eucarístico. Echo de menos la presencia continua de Escola por los pasillos de esta pensión de la calle de la Madera, que llevan entre dos hermanas solteronas, un hermano camastrón y un teléfono resudado de conversaciones con el mercado de abastos o de conversaciones de viajante de comercio. Nos lavamos, por la mañana, todos en grupo, sólo la cara y las axilas, en un cuarto con lavabos en cuadro, como pesebres, y pasándonos unos a otros el jabón lagarto. Ya tengo mi primer sospechoso, Nemesio Córdoba, un estudiante chepudito, de uñas negras y tabaco malo, con los ojos de una claridad revuelta que habla en las comidas del cristianismo de Bernanos y todos ésos, o sea la Iglesia que traicionó a Franco. Parece muy activo y muy elocuente. Tendré que redactar un informe sobre él. A mí me considera un falangista estético y quizá no se equivoca, pero la estética supone otras muchas cosas: frigidez, crueldad, cinismo, dandismo, violencia e ironía. Los viajantes de comercio leen el *Flechas y Pelayos*. Yo leo *Escorial*, la revista de Ridruejo en la que aspiro a colaborar un día. *Primer Plano* es una revista de cine y *Vértice* es una revista falangista y coñazo, plagiada de las alemanas. Nemesio Córdoba me tiene obsesionado. Es inteligente, es cristiano, es valiente en su debilidad de chepudito, es sabio y fuma en francés, como habla en latín. A éste le hago yo un informe que le va a dejar tieso. No se puede soportar gente así que ande suelta por las pensiones de Madrid. A lo mejor hasta quiere hacer carrera literaria. Y una mierda.

Seis

José María de Areilza es el orador de moda. Elegante, diplomático, alto, culto, vascongado y aristócrata. Será embajador de Franco en muchos sitios, porque da una imagen de España que poco tiene que ver con la pelliza de Viriato. Pedro Laín Entralgo, visita de Solís y del Caudillo, es un intelectual del que no me fío, un ideólogo sin ideas a quien se le nota demasiado su pasión por el 98 y liberales como Marañón y Ortega. A unos o a otros está traicionando. ¿A quién? En nombre del humanismo quiere estar con todos. Pero lo suyo es un pancismo intelectual enriquecido con cobardía viril. A mí me parece, como su amigo Ridruejo, uno de los grandes traidores de la Falange. Hay que elegir entre la Falange y Franco, eso ya va estando claro en estos años, y Laín no ha elegido, sino que está con todos, y además con los liberales del exilio. José Antonio es una figura que exige lo absoluto. O estás o no estás con él. El que no está conmigo está contra mí, dijo Cristo. Laín quiere hacer un zurcido continuo entre unos y otros, y en esa tarea de zurcidora que cose para fuera se le va a ir la vida.

Laín anda con Fernández Cuesta, el tonto útil de la Falange, y Arias Salgado, el beato inútil de Franco. Antonio Tovar es el nazismo puro, hitleriano, y me cae mejor, pero sospecho que admira más a Hitler que a José Antonio. Todos éstos están utilizando a José Antonio manualmente, mientras piensan en otra cosa. En cualquier caso son los mitos del SEU, los herederos de un legado falangista que no les corresponde, pues que también Tovar está vendido a Franco.

Ruiz Giménez preside el Desfile de la Victoria en Bilbao. Ruiz Giménez es falangista liberal, lo que significa, sencillamente, no ser falangista. Yo diría que le tira más la Iglesia que la milicia. De estas cosas hablo con Juan Aparicio, que es fascista puro, pero promisea el hombre. Ruiz Giménez tiene una oratoria conmovida y un poco conventual que gusta a la gente. Es un liberal blando más que un falangista duro. A mí me parece que puede tirar por cualquier parte cuando menos lo pensemos. Mezcla a José Antonio, en sus discursos, con la Virgen de Lourdes. Tampoco le tengo claro. Es como un camello guapo, siempre con la chepa de su cristianismo coñazo, demasiado alto, demasiado bueno, demasiado abierto, demasiado peligroso. Que se defina, coño. Juan Aparicio me va explicando la Historia de España, desde los tiempos más remotos hasta nuestros días. María Prisca me avisa que tenemos que ir a ver a Benedicto. Benedicto, tras mi sugerencia de unos meses picando piedra en Cuelgamuros, ha recaído de su tisis, y está en un sanatorio de incurables en Los Molinos, la sierra. Voy a la calle de Postas y recupero la palomita de plata maciza, un gracioso y valioso salero, que me regalara María Prisca. El empeñista no se lo quería creer:

—Es usted el primer estudiante que viene a recoger un empeño.

—Aquí tiene la papeleta y el dinero. Venga la paloma, que no le voy a consentir que se la venda en cinco mil pesetas a una marquesa.

El empeñista había sido rubio, y eso le dejaba en una vejez decolorada, llorona y de dulces guedejas blancas.

Yo creo que lloraba por la palomita de plata que me llevé, o sea que rescaté, de la calle de Postas. María Prisca y yo fuimos a Los Molinos en un febrero de nieves arcangélicas, cielo nevado y viento traidor.

—Déjame pasar a mí primero, Prisca, que quiero pedirle perdón a este hombre por la parte que pueda haber tenido en su muerte.

El sanatorio olía a frío y cadáver saludable. El sanatorio era blanco como la muerte, luminoso como el más allá y callado como la nieve de las cumbres. Benedicto estaba muerto, más judío que nunca, porque la muerte saca la raza interior de la gente. Le anduve al puño izquierdo, caído y cerrado. Estaba solo con mi víctima. Luego mandé pasar a Prisca. Prisca lloró, rezó, sacó un rosario de cuentas de oro que nunca iba a rezar, besó al muerto en la frente y yo creo que hasta en la boca, entre la barba judía sequiza de sangre, vómitos y comidas devueltas. Finalmente le cogió la mano que caía, se la puso sobre el pecho y le abrió el puño, como para enlazar con él los dedos, esa cosa que hacen los novios. Y entonces salió del puño muerto la paloma que yo había metido, cayó al suelo. María Prisca me miraba con odio, asombro, miedo.

—Sí, Prisca, es la marca de mi crimen.

Prisca se desplegó en llantos, asombros, lealtades, infidelidades, lutos y miedos. Entre el amante muerto y el vivo, se decidió por mí. Dejó en el sanatorio dinero para flores. La bajada a Madrid, en el coche ministerial, fue grata, silenciosa, ilustrada de mutismo por la nieve, y María Prisca cogía mi mano caliente y viva como aferrándose al hermoso y mortuorio febrero. En las cumbres quedaba un comunista muerto.

Carmen Amaya echa una sombra flamenca y oscura, poderosa y vibrátil, sobre el hambre de España. Rosario y Antonio también triunfan en España. Carmen Amaya nos corrobora, nos justifica, nos explica. Por Madrid andan gatos con alas y entierros de mucha pompa y mucho luto. En el estadio Metropolitano se mimetiza un poco la grandiosidad hitleriana de las manifestaciones olímpicas y juveniles. Los pelayos son casi niños de pecho que disfrutan y desfilan disfrazados de falangistas. A mí todo esto me irrita. Ni la gimnasia olímpica ni una Falange bebé es lo que soñaba José Antonio. Entre Franco y la histérica de Pilar Primo están amariconando el fascismo español. Las chicas de la Sección Femenina se van disfrazando, sucesivamente, de todos los trajes regionales de las diversas zonas folklóricas. No hemos ganado una guerra para sacar del arcón el traje de torero con que se casó la abuela. Pero esto a Franco le conviene y por eso me irrita más. La gente bebe Amer Picón. Los zapatos están a 25 pesetas el par. El primer turismo Seat fabricado en España corre ya por Barcelona. María de la Escolanía se ha trasladado al piso que al fin le ha puesto su maduro novio de Tarancón. Está en la zona de Ayala y es un piso bonito, pequeño, luminoso y discreto, un picadero con radio filis y mucha cretona para disimular. Escola y yo ya tenemos nuestro nido de amor, a costa del tirolés de Tarancón, con lo cual veo menos a María Prisca, que por su parte también está un poco recelosa con lo que le ha pasado a Benedicto. Prisca ha leído con retraso mi artículo/delación sobre los presos indiscriminados de Carabanchel. «Hay que depurar», era mi consigna, y se ha depurado. Escola es buena ama de casa, se ve que ha nacido para eso, me hace muy ricos postres y me guisa el conejo que le ha traído el terrateniente de Tarancón. Cada día tose más.

Hemos descubierto otro cine de sesión continua, después del cual volvemos a hacer el amor con unción de matrimonio joven, con pasión clandestina y con pecado tibio de la católica Escola, porque María de la Escolanía es católica, como casi todas las mantenidas. Católica de varias misas a la semana y comunión mensual. Lleno de paganismo hitleriano, me fascina beneficiarme a una católica tan puta como María de la Escolanía.

Un día llegó inesperadamente (estabámos cenando en la cocina) el terrateniente de Tarancón:

–Aquí Pedro Damián, aquí Mariano.

Hubo ese instante tenso en que el fuego se apaga en la cocina, los visillos de cuadritos se quedan tiesos de almidón y la comida se enfría en los platos, volviendo a su fea condición de cadáver (ave, pollo, perdiz roja, conejo de monte, cuarto y mitad de vaca, codornices en vinagre, etc.).

–Mariano es un paisano de León que ha venido a Madrid con muy buen destino como periodista. Además es de Falange y está haciendo mucha carrera. ¿No has leído nada suyo en los periódicos?

Pedro Damián comía de la cena por debajo de su bigote antiguo y su sombrero tirolés, que no se quitó. Pedro Damián había recibido en el corazón maduro y amargo la bala inútil y plomiza de los celos. Mariano me trae muy buenas noticias de mi familia, todos están muy bien y la vaca ha parido la semana pasada.

—¿Puedo leer la carta de tus padres?

Pedro Damián no era tonto. Sabía que los padres escriben cartas a sus hijas perdidas en Madrid. Escola tardó en reaccionar.

—No, cartas no ha traído Mariano.

—Por qué.

—Bueno, ya sabes, me da vergüenza decírtelo, pero en mi familia apenas saben escribir. Sólo yo fui al colegio.

—Mis cartas son orales, querido Pedro Damián —intervine.

—¿Con quién trabaja usted?

Y el «usted» del terrateniente me alejaba de él, ponía una distancia de trato entre el joven falangista y el viejo hacendado, a lo mejor liberal. Una distancia de sospecha entre el viejo terrateniente y el joven paisano de su amante, que costaba muy cara.

—Con Juan Aparicio, que es el hombre que hoy dirige la Prensa, la opinión y la palabra de España.

—Un fascista.

Y Pedro Damián roía el hueso de una pata de pollo. Se le quedaba toda la carne en el bigote. Bueno, el fascismo joseantoniano ha ganado la guerra en España, nos ha salvado a todos, le ha salvado a usted sus fincas, por ejemplo. Este último golpe fue decisivo. Escola hacía café para los tres. Afuera, la noche de febrero helaba como una virgen purísima, casta y desnuda. ¿Un coñac, joven? Lo de las fincas le había dado por vencido. Me gustaba más el whisky, pero le dije que sí al coñac nacional, que es una mierda. Hicimos las paces frente al fuego de la chimenea, en el salón de las visitas, ante la mirada maternal, emocionada y buena de María de la Escolanía.

La gente va al Circo Price, en la Plaza del Rey, calle Barquillo, no tanto por amor a este viejo espectáculo como por ver a las equilibristas en bragas. Ramper hace reír a los nacionales con esa risa negra del hambre. Lo único que se puede contar en la Prensa es el afeitado de los toros y el afeitado de los rojos. Arburúa firma los primeros pactos con Estados Unidos. Arburúa, cuando ministro, se monta unos negocios de camiones (concesiones caprichosas) del que disfrutó incluso mi maestro del Gijón, González-Ruano. Martín Artajo y Castiella firman el Concordato con la Santa Sede, vestidos con ese traje de alamares que se ponen los diplomáticos para estas ocasiones. A mí este Concordato me jode mucho, pues que supone la subordinación de España al Vaticano. Yo creo en un fascismo panteísta, laico, ateo, entre José Antonio Primo de Rivera y Hitler. Está claro que la religión es el retroceso recurrente de la Historia. Por eso cada día quiero menos a Franco. Debuta en el Madrid Di Stéfano, el genial futbolista argentino, lo cual cabrea mucho al Barcelona, equipo que le había fichado primero, y esto acentúa y politiza el carácter polémico entre ambas ciudades. Pero la cosa no pasa del fútbol. Alcalá, 44 es la Secretaría Nacional del Movimiento, la sede de las esencias. En la puerta hay dos falangistas de vigilancia permanente, ante la indiferencia de los viandantes y de los carteros. Ya me dijera Paco Vigil, joven falangista como yo: «Esos dos están ahí haciendo el ridículo.» Alcalá, 44 es un ascensor como un jaulón suicida y un conserje, caballero mutilado, con una cosa de menos en toda su anatomía, alternando los lados: el ojo izquierdo de menos, el brazo derecho de menos, el riñón izquierdo de menos, el testículo derecho de menos, la pierna izquierda de menos.

Alcalá, 44 sólo cobra vida cuando Serrano Suñer, Arrese o Fernández Cuesta aparecen por allí a dictar una carta o echar un discurso desde el balcón, como el de la División Azul. Pero me gusta que las gigantescas flechas joseantonianas presidan el edificio y la calle de Alcalá.

Me lo dijo un día María de la Escolanía (o más bien una noche):

—Oye, Mariano, perdona, pero ¿tu pasión por José Antonio no será un poco homosexual?

—Vete a la mierda. No entiendes nada. Eso supondría que somos maricones todos los de la Falange legitimista.

—A veces se da una homosexualidad colectiva.

—Si sigues por ahí no volvemos a vernos, Escola.

Y eché a un lado la sábana, que nos dejó desnudos a los dos, ella con su desnudo de Ingres, dibujado y pulcro, y yo impresentable y peludo, como siempre.

Alcalá, 44 es el emporio del café con leche y la burocracia por la burocracia. Franco les ha dejado para hacer los recados, pero prefieren no enterarse. Les basta con que el yugo y las flechas, monumentales, sigan campeando en la fachada y en el centro de Madrid, muy cerca de Cibeles. Les basta con tener dos guardias falangistas a la puerta, todo el día y toda la noche. A mí no.

—Es que lo tuyo con José Antonio es una fijación, Mariano.

—No vuelvas a las mismas, Escola, que la tenemos.

Pedro Damián, el terrateniente de Tarancón, se había vuelto a su pueblo con los celos mansuetos del cincuentón. Nemesio Córdoba, el vaticanista rojo de mi pensión, calle de la Madera, no sabía que estaba ya bajo expediente e investigación, por confidencia mía a Juan Aparicio. Este caso me gustaba especialmente porque aquí no había mezcla de celos personales, amorosos, literarios ni nada. Era la denuncia por la denuncia, una cosa pura, cruda y fulgente como un astro. Yo iba aprendiendo a ser un delator. Hasta ahora sólo había delatado por rencor. Ahora empezaba a hacerlo de una manera altruista. Una delación desinteresada es pura como un soneto. Alcalá, 44 es un caserón de burocracia fallecida y cafés fríos, un balcón que utilizan Serrano Suñer o Arrese, bajo vigilancia del Caudillo, para decir que Rusia es delenda o denunciar a Inglaterra por la cosa de Gibraltar. En Alcalá, 44 vi pronto que se hacía poca carrera.

La delación por la delación es como el amor por el amor, como el astro por el astro, algo que no pueden definir los moralistas ni los astrónomos. En ese punto de mis memorias me encuentro ahora. María de la Escolanía vuelve a la cama con dos cafés calientes y colombianos, de los que le trae Pedro Damián. Los tomamos sentados en la cama, pensando en el polvo siguiente. Me siento puro y duro como un astro o un dios. Esto me ayuda a follar con violencia y amor a Escola. El hombre sólo ama cuando está seguro de sí mismo. El hombre inseguro falla siempre. Lo que quiero imponer en mi periodismo, en mi conducta, en

mi vida, contra el culoncillo Franco, es la vertica-
lidad de José Antonio, tended vuestras miradas,
como líneas sin peso y sin medida, hacia el ámbito puro donde cantan los números su canción
exacta. Que el vulgo de Madrid, que sólo toma
café (incluso en Alcalá, 44), se pregne de esto.
Escola dice que soy un fanático. Prisca dice que
soy un idealista. Vine a Madrid a corromperme y
resulta que estoy dispuesto a poner mi vida a la
causa del Ausente. Con Escola acabamos echando
otro polvo.

Ramón Serrano Suñer, que ya ha mandado la
División Azul a Rusia a hacer el ridículo (por allí
andará perdido mi maestro frustrado, Ridruejo),
es un alfeñique aguerrido que alterna en Italia
con el Conde Ciano y Ettore Muti. Sigue queriendo imponer, frente a Franco, un fascismo español,
pero el fascismo de Serrano no es el mío. Le veo
al personaje muy encerrado en despachos barro-
cos, muy prisionero de ese antro de café con
leche y tabaco malo que es Alcalá, 44. El fascismo
de José Antonio, aunque él no lo llamase así, era
una cosa más de intemperie, más del balazo en la
calle y la palabra ilustrada. Serrano habla burocrático y José Antonio hablaba lírico. Ésta es para
mí toda la diferencia.

Él se cree muy joseantoniano, pero es un buró-
crata del fascismo sometido a los recados de su
cuñado, el Caudillo. Yo veía por Madrid jóvenes
falangistas, llenos de una conducta heroica, inútil
y pura. Esto me conmovía. Eran fuertes, tenían
músculos, podían luchar y matar, pero andaban
vagando por el Retiro, jugando a los barquillos y
remando en el estanque, con sus novias. Yo era
débil, flojo, pero hacía todo el daño posible con

mi pluma. Se lo dijo Machado a Líster: «Si mi pluma valiese tu pistola...» Pues yo quiero que la mía lo valga. Pilar Primo de Rivera ha viajado a Alemania y lo ha copiado todo de las juventudes femeninas hitlerianas. Pero está amariconando la Falange con tanto coro, tanta danza y tanto pololo de la abuela sacado del baúl de la tradición. Ya en Salamanca pactó con Franco, después de haber conspirado contra él durante mucho tiempo. Claro que se alió con Hedilla, y Hedilla es un mediocre que cuando no está en la cárcel está en casa recibiendo a quien no debe. Juan Aparicio me explica la Historia de España, desde los tiempos más remotos hasta nuestros días. Debes de ir alguna vez a visitar a Hedilla. Yo no visito a ese gilipollas que se cree José Antonio. José Antonio no hay más que uno.

Pilar Primo me dedica una foto «con un saludo brazo en alto», en una entrevista que le hago. Me parece una pobre mujer que ha echado sobre sí la inmensa carga del hermano poderoso y que lo está reduciendo todo a folklore. Con Franco no tenía que haber pactado nunca. Franco, Caudillo europeo. Desde mi puesto de espía (llamemos a las cosas por su nombre) me entero de más detalles que antes. Xavier de Echarri colabora en la prensa italiana y su tesis es que Franco es un Caudillo europeo de la misma eslora que el Duce o el Führer. A mí Franco me parece astuto y traidor a José Antonio. Si las grandes flechas de Alcalá, 44 no se imponen al régimen franquista acabaremos en un militarismo cuartelero del XIX. La España que soñara José Antonio la veo cada vez más lejos, pero es mi identidad, mi justificación (hasta un cínico necesita justificación), mi vida, y no voy a renunciar a ello. Todo lo que hago lo hago por eso, por imponer un orden joseantoniano de la vida, y todavía estamos a tiempo. Juan Aparicio me dice que, con ese orden joseantoniano, quiero asimismo imponerme yo. A mí esto no me parece oportunismo. Me parece que es la misma cosa. El fascismo debe de ser cínico, frío, cruel, violento, duro y lúcido. No me fascinan esos jóvenes falangistillas que andan matando rogelios por Madrid. Me fascina más lo mío, la delación. La delación es una cosa intelectual, distante. Y yo soy distante, lo que pudiera ser una forma de decir que soy cobarde.

Siete

Voy a los toros con María Prisca y todo el mundo levanta el brazo, los toreros y hasta los toros. A María Prisca le da vergüenza porque ella es monárquica, claro. María Prisca, grandes gafas negras, mechas en la melena y purito en la boca. La retratan sin saber quién es. A mí me da vergüenza porque esto no es el falangismo, sino una parodia.

Con ocasión del Desfile de la Victoria, un tal señor Trilles vende emblemas patrióticos a buen precio, para revendedores. A mí todo esto me da asco. El señor Trilles se anuncia en los periódicos. ¿Por qué prohíben una teta, que es hermosa, y permiten esto? Estamos jodiendo bien la herencia joseantoniana. Los chicos de las milicias universitarias van disfrazados de italianos. Gamero del Castillo (un mediocre que anda siempre por en medio), Sánchez Mazas (un hombre excepcional entregado al franquismo por dejación), Serrano Suñer y Muñoz Grandes (un general bruto, que es lo suyo), portan el féretro del Ausente de acá para allá. No están haciendo sino justificarse, explicarse, crear una Falange teatral, decorativa, mientras siguen sumisos a Franco. Fueron cobardes en la guerra y lo siguen siendo en la posguerra. ¿Por qué no dejan en paz a José Antonio, por lo menos?

José Antonio cruza las calles de Madrid, las calles de España, como un torero muerto. Su gloria empieza a ser taurina. Escribo artículo sobre esto, contra esto, y Juan Aparicio me lo censura íntegro. Pero yo no quiero que José Antonio sea Joselito. Que se vayan todos a la mierda. ¿Y no estaré yo mismo participando en la farsa? No lo pregunto, sino que lo afirmo. Pero esto es un camino sin retorno. Serrano Suñer, en Alemania, se fotografía con Himmler. Pero luego, aquí, conspira con los gilroblistas, que fueron su origen político.

Los musulmanes de Regulares hicieron mucho daño durante la guerra, y ahora se chulean por Madrid con sus manos de sangre y sus grandes pollas. Se da muy pocas veces, mis viejos compañeros de lucha, que una generación esté destinada a iniciar una lucha de tal índole y verla coronada por el éxito. Esto ha sido para nosotros una recompensa especial de la Providencia, Adolfo Hitler, El Führer, Discurso a los antiguos combatientes. Pero los periódicos madrileños, salvo el *Informaciones*, dan cada día con titulares más pálidos las confusas victorias de Hitler. Franco tenía que haber entrado en la guerra, Franco es un cobarde y un gallego de mierda. María Prisca, marquesa apócrifa de Arambol, me lleva en su coche ministerial, a través de la Universitaria, hacia las extensiones pacíficas y nubladas del Club de Golf.

—Me dicen que te has convertido en delator, Mariano.

—Y tú andas de puta de un ministro, Prisca.

—No te consiento que me hables así.

—Pues para el coche y me bajo ahora mismo.

—Tampoco te pongas así.

—Me pongo como me da la gana.

—No lo necesitabas, Mariano. Te basta con tu pluma.

98

—Yo creo en la Falange hasta la muerte y lo voy a hacer todo y mucho más. Quienes corréis peligro sois vosotros y vuestra camarilla del Pardo, con sus queridas, sus putas y sus esposas canceradas.

—Ah, eres tan desagradable.

Y María Prisca fuma en boquilla sus Kedives.

—Si soy desagradable, ya te he dicho que me apeo.

—Esto no es un autobús.

—Es un autobús ministerial. Me bajo cuando quiero.

—No tenías necesidad de acabar con Benedicto.

—Y los que vendrán.

—Ni con mi pobre poeta.

—¿Follaba bien en la cama?

—Si me amases, pensaría que es una cosa de celos, pero ni eso.

Estaba vieja y fea en la luz de estraza de la mañana gris. Fumaba con temor y temblor.

—¿Quién es ahora tu nueva víctima? —preguntó.

—Nemesio Córdoba, uno de esos católicos nuevos que llevan dentro un comunista.

—Me asustas, Mariano.

—Peor es lo tuyo. Tú me cansas.

Yo había escrito un artículo, basado en el chico de la calle de la Madera, titulado «¿Comunismo católico?». Y en él hablaba de los nuevos católicos antifranquistas. Juan Aparicio, como de costumbre, me preguntó en seguida de quién estaba hablando. Aparicio sabía que yo nunca escribía en el vacío, sino siempre de cosas concretas. Le di señales y detalles. Le gustó comprobar que yo estaba funcionando en mi nueva función de espía. En pocos días, Nemesio Córdoba estaba entrullado, explicando su cristianismo evangélico y comunista en Carabanchel. Ni él sabía por qué le habían detenido.

—¿Pero sabes bien lo que estás haciendo, Mariano?

—Sólo sé que cada día cobro más y trabajo en lo mío.

—Yo te tenía idealizado.

—Soy un idealista de José Antonio, no de ese caudillo enano.

—Me parece que no crees en nada.

—Creo en José Antonio y en ti.

Y la besé repentinamente, en un acierto de amante contratado. Esto la ganó, la conmovió, y en tanto llegábamos al Club de Golf, siempre el chófer de paño gris y pestorejo al volante.

—Tengo que enseñarte a ser más relajado y más comprensivo.

—Tienes que enseñarme a ser un conformista, un conspirador de martini blanco, como todos estos amigos tuyos.

Quizá ya se ha dicho aquí que en el Club de Golf siempre hacía sol, aunque el día fuera nublado. Los oros y las platas de los trofeos de golf, los retratos de distintos reyes en competencia, enmarcados en oro y plata asimismo, le sacaban al día unos reflejos claros y puros que el cielo no tenía.

—María Prisca, cuánto tiempo.

—He estado un poco internada. Aquí Mariano.

—Conozco. Qué chico tan encantador.

Yo me ponía camisa blanca, en lugar de la azul, para ir al Club de Golf. Había placas de oro y plata que daban su propia luz al día gris. Vagos jugadores le pegaban a la pelotita, allá lejos. Un par de Chivas me reconciliaron con la marquesa de Arambol. Era nuestra bebida. Recordé con ternura la última vez que la había dado por el culo.

Yo había visto a Franco entrar en Santa Bárbara, la iglesia de la Falange. Palmas y vítores para el Conductor de la Victoria. Efectivamente, palmas como del Domingo de Ramos y el cortejo negro de los falangistas, con Raimundo Fernández Cuesta de cabeza de dragón. Luego supe que Franco iba de falso falangista. Incluso en aquellos actos se presentaba de militar, por evitar el otro uniforme. Carmencita Franco iba de Falange Unificada, con las chicas de Pilar. El general García Escámez estuvo en Roma tratando de forjar un fascismo mediterráneo. Esto era un viejo sueño de Serrano Suñer: un fascismo ribereño y católico frente al paganismo de Hitler y su «exceso de victoria». El Duce, con pistola al cinto, recibía a Serrano Suñer, el uno todo de blanco y el otro todo de negro. El salmantino luto junto a la salada claridad mediterránea. Nunca llegaron a nada. Franco era una antología viva de los movimientos que había agrupado malamente en sí: boina requeté, uniforme falangista, cruces militares.

Pilar Primo ha traicionado a su hermano (jamás se lo perdonaré) y el Caudillo condecora a sus chicas con la Y de oro (Y de Ysabel, Reyna Católica). Todo esto me parece zarzuela, más que política. Dionisio Ridruejo nos escribe desde Rusia. Ahora cree en Hitler y se ha olvidado de su «Poema al Caudillo». Dionisio había cantado demasiado el *Cara al sol* en El Escorial, con Franco, Moscardó y los gerifaltes comprados del partido, como para que yo le tuviera por un maestro. Su actual bohemia política no me interesaba. Le veré siempre vestido, o más bien travestido, de lo que no era. Madrid está lleno de littorios y cruces gamadas, pero falangistas hay pocos, y los que hay son pillos.

Antonio Tovar está entre seminarista y nazi, pero le falta un arranque último que yo esperaba de él. Miguel Primo de Rivera hace el ridículo como hermano del Ausente. El Duce es la esperanza suñeriana de contrarrestar la paganía de los alemanes. Vaya una causa de mierda. El conde de Casas Rojas, a quien un día me presentó María Prisca en el Club de Golf, sale embajador en Bucarest, entre la Guardia de Hierro de la Rumanía fascista. Fernández Cuesta es un machihembrado de particular y falangista, por cómo se viste y actúa. Me indigna que este hombre esté suplantando a José Antonio, pero no puedo escribirlo. Pedro González Bueno era un pájaro piparro y un amarraco que cualquier día se iba a pasar a la industria y las finanzas. ¿Qué revolucionarios nos quedan? Por el barrio de Salamanca, donde tiene el pisito Escolanía, suelo ver a un hombre muy alto, solitario, de rostro gris y pelo canoso, peinado con violencia, que se pasea con dos perros doberman, habla mucho con las verduleras, los fruteros, los panaderos, la carnicera, el de la tienda de semillas y eso que llaman el pueblo. Me he informado y por lo visto es un viejo actor que trabajó con aquella mala puta de la Xirgu, y que ahora está en el paro, viviendo de no se sabe qué. Le he denunciado varias veces, pero no le detienen, no hay pruebas, no hay papeles, sólo es un actor en paro. Un día, por fin, le cojo en el Café

Roma, de Serrano, que los rojos llamaron «La Tranquilidad», me presento a él como periodista, invoco sus glorias de actor con la Xirgu y García Lorca, y le pido una entrevista.

—Yo no estoy autorizado a conceder entrevistas, joven.

Tiene la mirada irónica y judía. Es un hombre sin nervios y sin miedo.

—Sólo sería una entrevista artística, literaria.

El tipo fuma sin amaneramiento, sólo por vicio o costumbre. Su naturalidad me desarma un poco.

—Pero yo le he visto a usted, joven, por aquí por el barrio, con camisa falangista.

—¿Y eso le parece mal?

—Me parece que un falangista no puede hacer entrevistas apolíticas.

No hubiera imaginado que el tipo se fijase nunca en mí. Los doberman negros tenían las bocas abiertas, como esperando la dentellada, y los ojos inteligentes, como enterados de que yo perseguía a su amo.

—¿Por qué lleva siempre estos perros?

—Supongo que es legal. ¿O los perros también perdieron la guerra?

—¿Qué piensa usted de eso? Es una buena pregunta para la entrevista.

—Que la guerra la perdieron los rojos y los perros.

—Usted tiene antecedentes de rojo.

—Sólo tengo antecedentes de cómico, y usted lo sabe, porque ya lo ha mirado.

—No necesita ser insolente conmigo.

—Perdone, pero hay miles de chicos como usted por Madrid. Ya conozco al personaje.

El Roma se iba llenando de una juventud entre monárquica y falangista, a la hora del aperitivo. Olía a café fuerte y chica topolino. Un doberman llegó a ponerme las patas encima. A los pocos días, el cómico se cambiaba de barrio, se me perdía en Madrid.

El Reichführer S.S. Himmler, con su equipo de expertos en orden nazi, visita a Franco en presencia de Serrano. Franco sigue vestido de militar, pero Serrano aparece de negro falangista, cuando él es un católico, no te jode. Día del Silencio en la Gran Vía. El cadáver del Ausente pasó camino de El Escorial y tuvo coronas de laurel, del Führer, y de bronce, del Duce. Callao era un palmeral de brazos en alto, bajo los carteles irónicos de los cines, que anunciaban películas americanas con rubias peligrosas. Los manifiestos de José Antonio sobre el fascismo español, antes iban de mano en mano. Ahora han desaparecido. Franco se socorre de Serrano y el barón de las Torres para implantar un Nuevo Estado antiguo. Cada día está más culón y triponcillo. Las bandas nacionales sujetan penosamente su imagen castrada. Juan Aparicio me cuenta lo que él escribió en el 32 en la revista *El Fascio*. Aparicio sí es un fascista, pero me parece que se está entregando.

Mayalde ha recibido a Himmler en octubre del 40. Valdés, Arrese y Luna copan la Secretaría Nacional de Sindicatos. Arrese es un estilizado con tendencia a engordar, un falangista con tendencia a prosperar, un hombre que no me gusta nada. Franco se arrodilla ante los obispos, que previamente se han arrodillado ante él. La División 250 del Ejército alemán, llamada aquí División Azul, por cursilería de Arrese, era mandada por Muñoz Grandes, ese militar noble, decidido y mediocre, y el Führer le pone la Cruz de Caballero con hojas de roble. No basta con venir cantando himnos. Nosotros no podemos sentirnos solidarios de aquellas gentes que han habituado a sus pulmones y a sus entrañas a vivir en los climas morales donde puedan florecer estraperlos, José Antonio Primo de Rivera, cine Madrid, 17 de noviembre de 1935. Pedro Damián, el protector de María de la Escolanía, resulta que hace estraperlo con todos los productos de su finca, y encima es un casado, un soltero o un viudo que mantiene una barragana en Madrid.

—No irás a denunciarle por eso —me dice Escola, recién maquillada, oliendo toda ella a Ponds, a carmín, a crema caffarena, olores que me gustan y excitan, aunque me gusta más su olor natural a hembra blanca, inocente y un poco puta.

—No le denuncio por ti. Eso podría hacerte mucho daño y yo no estoy en condiciones de trabajar para los dos. Pero ya sabes que desde ahora se la tengo jurada.

—Pedro Damián es un santo.

—Y yo soy un canalla fascista, pero un canalla que hace justicia.

—Vamos, tampoco te pongas así.

María de la Escolanía está cada vez peor de su tos. Yo creo que tiene una tisis galopante, pero no se lo digo. Un día la vamos a perder los dos, el estraperlista y yo, y entonces lloraremos juntos, con unas copas de coñac Veterano, como lloran los hombres.

—Yo es que quiero limpiar España de franquismo corrupto y que vuelva la Falange.

—Eres un idealista y por eso te quiero.

Estábamos en la cocina de su pisito, donde habíamos tenido el diálogo a tres con Pedro Damián. Los visillos de cuadritos blancos y rojos son los que me crea más intimidad y más deseo de poseer a Escola. Escola tiene el coño siempre húmedo, como rebosante de una miel sexual. A María de la Escolanía hay que masturbarle primero el clítoris, minuciosamente (siempre llevo muy corta la uña del dedo corazón de la derecha, que todo le hace daño) y, cuando ha llegado al orgasmo, a uno de sus débiles, quebradizos, suspirantes y adorables orgasmos, es cuando aprovecho para follarla bien follada.

María Prisca, marquesa apócrifa de Arambol, es otra cosa, es una mujer ardiente (y qué pocas se dan), de respuesta fácil y rápida en la cama, así da gusto joder, pero la mayoría son inferiores a nosotros en la velocidad orgásmica, lo que explica todas sus inferioridades, un sistema fascista debe mantener siempre a la hembra en segundo plano, en su condición de perpetuadora de la raza, pero nada más. Las pijadas que está haciendo Pilar Primo con los Coros y Danzas son una manera de ocultar la evidente inferioridad femenina. A la mujer habría que follársela recién muerta, como hizo el prerromántico Cadalso, que es la manera de que no hablen ni participen. Están hechas para la procreación, no para la sexualidad, y deben ser tratadas como los ancianos, los deficientes, los tontos, los débiles, los flojos, los judíos, los traidores (exterminio), sólo que seleccionando los mejores ejemplares para la reproducción y para nuestro disfrute.

—¿Todavía me quieres, Mariano?

—Si no te quisiese no estaría aquí, Escola.

—Pues dame un beso.

Y yo le daba un beso plano, que son los de después del amor, mientras pensaba en la conveniencia de delatar al estraperlista y quedarme a la tísica para mí solo.

Ocho

SE PROYECTA el Valle de los Caídos, donde picaría piedra mi querido Damián Rabal. El monumento se hizo con el esfuerzo de los presos republicanos, mediante la formidable máquina de la redención de penas por el trabajo, ideada por un cura de Franco. Sánchez Mazas, de formación romana y cultura clásica, puso allí su mediocre inspiración arquitectónica, y Juan de Ávalos, mi querido amigo, puso unas esculturas rotundas que le encargaron. Serrano Suñer y Esteban Bilbao también intervienen en el proyecto. Yo veo claramente que es el futuro panteón de Franco, y este proyecto panteónico no me gusta nada. Todos van de luto falangista –¿por el Ausente?– en las reuniones, pero Franco sigue fijo en el uniforme militar. No se decanta. Sabe más que ellos. Son unos gilipollas. El Frente de Juventudes está nutrido de hijos de rojos que, escarmentados, se apuntan a Falange para tener boina, escarpines y mejor comida. Serrano revisita las Falanges del Mar, con el mediocre Gamero y el sancionado Queipo de Llano (Franco ha dictado pena de silencio contra él, por sus conspiraciones falangistas).

–Los aliados tienen la guerra perdida –me dice Franco en una entrevista/cuestionario gestionada, naturalmente, por Juan Aparicio. Pero Franco cambia pronto de opinión y de embajadores.

Las Centurias del Trabajo llenan Madrid de «un olor de herramientas y de manos», como diría

Miguel Hernández, que actualmente agoniza en un pulmón artificial, asediado por Josefina y Juan Guerrero Zamora. Estas centurias son un invento de Gerardo Salvador Merino, un nacionalsindicalista del 42.

El Frente de Juventudes hace paso de marcha en El Escorial. A mí me parece que a toda esta actividad exterior le falta doctrina, fundamento interior, pregnación falangista. Nadie de estas gentes podría recitar los puntos de la Falange. Franco se ha reservado la política para sí y los suyos, relegando la Falange a su furor de vivir, al deporte y la violencia, lo cual es una interpretación de mala fe de lo que dijera José Antonio.

La Junta Política la constituyen Arrese, el obispo Eijo Garay, Blas Pérez González, Ibáñez Martín, Esteban Bilbao, Demetrio Carceller, Pilar y Miguel Primo (una concesión a la familia), y mi jefe mediato superior, Arias Salgado. Son el fascismo de paisano y con curas y mujeres. O sea que no son el fascismo. Franco ha montado el tinglado de la antigua farsa. Pero los camaradas de la vieja y joven Guardia de Madrid transportamos a hombros la corona de laurel hasta la tumba del Ausente. Juan Aparicio, masticando siempre su puro apagado, me envía hasta el corazón de la noticia, y hago crónica de estas noches de coñac e intemperie, de palabras y luceros, entre Madrid y El Escorial, pero todo canto encendido a José Antonio lo tacha la censura (la peor censura no fue la ejercida naturalmente contra los rojos, sino contra nosotros, los del sistema). Yo, sea como fuere, iba echando fama de buen prosista y gran reportero.

Le hice una entrevista a Juan de Ávalos, arrebatado siempre, uno, por la estética:

—¿Y qué te propones hacer en el Valle de los Caídos?

—Algo que responda a la grandiosidad del conjunto.

—Se dice que tú fuiste comunista antes de la guerra, con Camón Aznar.

—Bobadas.

—¿Y este encargo?

—Todo artista ha tenido un mecenas. Miguel Ángel tuvo un mecenas. Antes, el mecenas era la Iglesia, ahora es el Estado.

Razón que le sobra a mi querido Juan. Un día conozco en el Gijón a una vasca, María del Puerto, de mente en blanco y cuerpo glorioso. Se la llevo en seguida a mi querido Juan para que la utilice como modelo en su trabajo de Cuelgamuros. Puerto puede ser la Musa, la Patria, la Victoria, la hostia, lo que le pidas. El cuerpo de la mujer es muy alegórico. Ávalos enloquece con ella, hacen algunas sesiones de barro y diseño, y de pronto Puerto desaparece del Gijón, de casa de Ávalos (que le pagaba muy bien), de mi vida y de la vida. Yo me había fornifollado a Puerto de cualquier manera, porque temía de su promiscuidad y no quería otro paquetillo o purgaciones (ya tuve uno), pero no sé si Juan fue más efectivo. Lo cierto es que él perdió la modelo y yo perdí la amante, cómo era, Dios mío, cómo era, la transparencia, Dios, la transparencia. Pero Puerto tenía un chulo que le pegaba y por eso se fue. El gran Ávalos me preguntaba por ella:

—Búscame a María del Puerto, me ha dejado el conjunto y la alegoría sin terminar.

María del Puerto, la vasca, pasó por nuestras vidas, querido Juan, como una diosa tonta y desnuda de la que nunca más sabremos. Esto es condición de las musas y de las estrellas novas. En cualquier caso, tú eres el Rodin del momento y puedes llenar España de señoritas culonas que con su culo alegorizan la Agricultura, los Ferrocarriles, la Dictadura, la Libertad, la Patria, el Arte, la Agronomía, lo que sea.

En el frontón se hacían amores y apuestas con las pelotaris, pero yo no tenía ganas de ir al frontón. Era una cosa de antes de la guerra, que habían frecuentado también los republicanos. En el depósito del cementerio quedaban los cadáveres de los fusilados al amanecer. Algunas noches aparecía yo por allí, buscando la noticia, el reportaje (aunque la represión se llevaba con noticias mínimas en la letra más pequeña de la imprenta, y sólo parcialmente). Aquella noche encontré una muerta reciente, rubia, que era un Ingres perfecto y desnudo, de unos 25 años. Se lo dije a los del depósito, sé que os folláis a algunas muertas, ésta es para mí o bien os denuncio a todos, a la rubia de Ingres, con la muerte, se le habían metido los pezones para adentro, sólo tenía una bala en la cabeza, pero eso lo tapaba su hermoso pelo rubio, era como un dije de sangre en el oro de la melena recogida.

Follarse a una muerta caliente y reciente tiene toda la dulzura de la sumisión, del silencio, del secreto. Jamás me he corrido con tanta intensidad, largura y perfección como dentro de una muerta. Pregunto cómo se llama la ajusticiada y me dicen que Filomeno, lo que prueba que la ficha estaba equivocada, como todas, pero a mi amada muerta la llamo ya Filomena y le echo un segundo polvo, lleno de amor, pasión desesperada, a lo Cadalso, el prerromántico que se folló a su novia muerta, intención y respeto. A los muertos sólo se los puede tirar uno con el debido respeto y sumisión: es lo menos. Los porteros son sonrientes y maléficos, los porteros, cuando la guerra, denunciaban a los señoritos del principal derecha, para que los matase la horda, y así iban salvando su vida de lumpem (o sea, pueblo al servicio y entrega de la burguesía). Ahora, con la misma sonrisa gris y de plata falsa denuncian a los abogados liberales y los catedráticos de Azaña que viven en el segundo izquierda. Las muertas recientes conservan una rara y curiosa humedad en la vagina, como un orgasmo póstumo, el orgasmo de la muerte, como la eyaculación del ahorcado (el garrote vil no produce eyaculación y el fusilamiento tampoco, sólo la horca). El coño de las muertas jóvenes y recientes conserva un calor y una dulzura muy gratos de joder, y parece que es como la última oración, una prez que echas por su alma y por su bendito cuerpo de pan con gusanos. Los porteros de la situación han sido antes de la otra situación, los porteros sobreviven siempre a todas las situaciones, son inmortales como los filósofos y los que dan nombre a una calle. Los porteros son delatores, como los serenos y los camareros, también yo soy delator, pero es otra cosa. Filomena tiene el perfil y las manos de un alabastro fino y mortal. Filomena tiene pecas de rubia por todo el cuerpo, mayormente el escote y la espalda. Filomena, ya digo, tiene los pezones encogidos, escondidos, cosa que les pasa a casi todas las muertas, excepto las negras y las de la isla de Madeira. Filomena, ya digo, es como follarse un Ingres todavía en buenas condiciones.

Los porteros de Madrid se tiñen las canas con gotas divinas, como los poetas líricos del Café Gijón, los porteros de Madrid se abrillantan la sonrisa gris con profidén y hacen gárgaras de Oraldine para tener la voz más amable y untuosa, más propicia a la propina, buenos días al señor, qué tal ha dormido el señor. Los porteros de Madrid son maricones reprimidas que no lo saben, y a lo mejor tienen cinco hijos y una esposa artrítica. Las muertas rubias y jóvenes, las folladas al amanecer, tienen el coño húmedo y grato, a lo mejor es que el falangista o el soldado se las tiró antes de hacer justicia, y uno está resbalando su polla sobre la lubrificación del semen de un sargento.

Yagüe tomó Badajoz con un par de cojones. El vino de Arganda es bueno para compartirlo con los tíos del depósito, con los funcionarios del depósito, que me permiten tirarme a la muerta Filomena (que es como la he puesto) con discreción, soledad y conversación:

—Pero cómo va a llamarse Filomeno, si es una niña.

—Es lo que pone la ficha.

—Vaya una mierda de fichas que hacéis vosotros, os voy a denunciar.

Las pelotaris del frontón también follan, pero yo voy menos. Las pelotaris del frontón cobran dinero por follar, mientras que las muertas como Filomena son desinteresadas y también un poco frígidas, todo hay que decirlo. Uno lo mejor que se folla son mujeres dormidas o recién fusiladas. Las vivas y las despiertas es que no paran de hablar. Filomena, con el coño ya caliente de mi propio semen, con la vagina rebosante (el cuerpo muerto ya no asimila), Filomena, digo/decía, aún acepta mi tercer y último polvo, que es ya falso y flojón, un poco blandulón, sólo estimulado por el vino de Arganda que me han dado los honestos funcionarios del depósito, «las clases laboriosas», como se llaman a sí mismos, porque lo de laborales es palabra nueva que todavía no han entendido. Borracho de Arganda y fornicación, lloro sobre el cuerpo Ingres de Filomena, que se va enfriando con el alba.

Tengo una pistola Star. En Alcalá, 44 me han dado una pistola Star, de fabricación nacional, practicable, agradable, manejable. Pero no pienso usarla. El matar es monótono como el joder. El matar cansa y aburre. Miro mi pistola Star por las noches, en casa de Escola, cuando ella duerme, la limpio y la acaricio, y no me dice nada. Prefiero la delación, que es lo mío, al crimen.

En Carabanchel están mis delatados (mediante artículos generalizados, impersonales, algunos sin firma), en Carabanchel está el poeta gordo y suicida amigo de María Prisca, si no le han llevado a alguna de las checas heredadas por Franco de los rojos, como la de Porlier, con el poeta José Hierro y el gran Zugazagoitia. En Carabanchel está Nemesio Córdoba, el católico progresista de ojos azules y revueltos, el marxista cristiano. Todo esto me interesa más que el matar por matar, como hace ese coche fantasma de los jóvenes falangistas, que se pasan la noche persiguiendo rogelios por Madrid. Les hacen el juicio sumarísimo dentro del auto, un Ford T de papá, y luego los ejecutan en el pinar de Chamartín o por ahí.

Filomena, la muerta, la verdad es que estaba riquísima. Pero matar es tan monótono como joder, ya digo. La delación es intelectual y se prestigia con la distancia. Yagüe, cuando tomó Badajoz, hizo una corrida de toros con curas, monjas, frailes, operarios y braceros, campesinos y ametralladoras. A mí todo eso me parece el costumbrismo de la muerte, una cosa que detesto.

En el Ford T de los falangistillas adolescentes sí que pienso ir una noche de éstas, por hacer un reportaje, aunque ya sé que me voy a aburrir. El matar, ya digo, es tan monótono como el joder, mi Star nuevecita me fascina como objeto, como un violín de la muerte, pero dudo que la utilice contra nadie. El fascismo es un dandismo y yo aspiro al dandismo violento y sereno de los alemanes.

María Prisca se inyecta de todo para seguir viviendo y con ganas de joder, de vivir y de engañar a su ministro, que de momento parece seguro en El Pardo. María de la Escolanía duerme en la habitación de al lado y respira, en el dormir, como un acordeón de puerto, enmohecido de sal. Esta mujer se nos muere a Pedro Damián, el terrateniente, y a mí.

La Star es de un negro azulado, de un azul negreante que fascina. Podría utilizarla una sola vez, contra alguien, pero no se me ocurre contra quién. A ninguna de mis mujeres quiero matarla, y Filomena, la más placentera de todas, estaba ya muerta. Hay muertos, emigraciones e inmigraciones en la estación del Mediodía. Todo huele a pólvora y mucha familia. Por las pensiones de la Gran Vía sigue oliendo a provincia y arroz a la cubana. En este barrio de Salamanca huele mejor y se averiguan más cosas. Carretera de San Isidro, mataderos, con su hermosura de sangre humana y sangre de res divina, o sea el hombre, cuarteles y gitanos, yo pienso que habría que acabar con los gitanos, una variante pobre de los judíos, si me atreviese se lo diría al Generalísimo, de momento se lo digo a Juan Aparicio, que es un conservador de la revolución, ya lo voy viendo:

—A los gitanos hay que aniquilarlos a todos, son los parásitos del sistema, no son españoles.

—Me parece que te has aprendido a Hitler demasiado rápido. Calma, muchacho.

Y Juan Aparicio sonríe y mastica su puro apagado. Se busca algún papel, alguna cosa, quizá cerillas, por todos los bolsillos de su extraña guerrera, que no es militar ni civil. Hay basureros en la orilla derecha del Manzanares, están quemando desperdicios, quemando pobreza, quemando mierda. He hablado con uno de ellos.

—Aquí, si te descuidas, te roban los calcetines andando.

Son parásitos del nuevo sistema, como las mujeres y los inválidos. ¿Por qué Franco los consiente? Tengo una pistola Star, nuevecita, hecha en Bilbao, y podría acabar con todos ellos impunemente. Pero Juan Aparicio no me deja. Sólo quiere que escriba, y me paso las noches escribiendo crónicas delatoras, mientras María de la Escolanía duerme con su sueño quebrado y su respiración tísica de acordeón oxidado por el mar, como una puta de puerto, que es lo que es, aunque conmigo y con el infeliz de Pedro Damián vaya de señorita e hija de un notario, como todas, hasta las de Chicote, como si los rojos no hubieran matado otra cosa que notarios, he mirado el registro y tampoco hay tantos notarios en España. Viva España, arriba España.

Hay muertos en los talleres de Pacífico, la represión de Madrid se está haciendo a conciencia, menos mal, hay muertos en la carretera de Chamartín, afeitados por la luz de la luna, hay unos trescientos muertos diarios, me parece que la cosa no va mal, la checa de Génova funciona al máximo, y yo tengo una Star nuevecita, bilbaína, de un negro que azulea de un azul que negrea, pero sigo pensando que la delación es más intelectual que el crimen, yo ante todo soy un intelectual.

Nueve

EN LA ORILLA DERECHA del Manzanares acampan gentes que han sobrevivido a la guerra, no se sabe si a Franco o al general Rojo, pero que están ahí, todos del color de la pobreza, haciendo hogueras de humo solo, sin fuego, cazando y comiendo ratas del río, y desde aquí, donde he venido a verles, se divisa el Palacio de Oriente, de espaldas, basílica de las apariciones de Franco, con su indiferencia de piedra hacia esta España que no es la imperial. Yo a esta gente los mataría a todos, aunque han vivido al margen de la guerra y al margen de la paz, regidos sólo por el curso pensativo y escaso del río. Pero en mi régimen joseantoniano ideal no tienen lugar los parias ni los parásitos.

Estoy con ellos, alargo mis manos hacia el humo de sus hogueras sin fuego, respiro el perfume largo, memorial y siniestro de sus hogueras de basura, y experimento una paz salvaje y extraña que me niego a reconocer como la paz de los inocentes. La Historia nos enseña que no hay nadie inocente en una sociedad, ni siquiera los marginales a ella, como esta gente de la leña mojada, las niñas viejas y los perros llenos de sarna y de ternura. La primavera es una paz marceña de sol tonto entre los árboles felices, entre los pinabetos y los magnolios de un verde inaugural y perdurable. No me decido a denunciar a nadie en concreto en mis informes, pero sugiero que toda esta miseria, tan peligrosa para la imagen del Régimen, sea abolida de Madrid. En la orilla derecha del Manzanares, o sea saliendo hacia el sur según va el río, hago amistad con Perpetuo, un hombre sin apellido ni pasado, pero con una familia escueta y encantadora: la mujer, una galleguiña tonta y tierna, y la hija, una niña rubia, alta, digna, delicada, como una princesita apócrifa nacida de la imaginación del río más que de la miseria de los padres.

—Y tú, Perpetuo, qué opinas de la guerra.

—Que gane el mejor, señoritu. Siempre gana el mejor, como ha pasado ahora, que el Generalísimo me es paisano, aunque ya no se me acuerda de dónde.

—Del Ferrol del Caudillo, Perpetuo, del Ferrol.

Porque Perpetuo también es un rato gallego.

—Perdone el señoritu, pero es una ausencia que tuve.

—¿Y tú no serás un poco rojo, Perpetuo?

—¿Le es policía el señoritu, u qué?

—Ya ves que sólo soy un estudiante solitario.

—Por las preguntas lo decía, con perdón. ¿Pero lo qué es ser rojo, señoritu?

—De izquierdas, de los que perdieron.

—Un gallego nunca es de los que perdieron, señoritu.

—Gracias Perpetuo. Tú eres pueblo sano y yo voy a ayudarte en lo que pueda.

—Gracias a usté, señoritu.

Juana, la hija de Perpetuo, es una niña que me gusta mucho, con la melena roja y salvaje, las piernas largas de cervatilla, los ojos verdes, intensos, grandes, perdidos, las manos de infantita y el mohín arisco, solitario, displicente y libre.

Me olvido de María Prisca, de Escola, de Filomena, la muerta que me follé en el depósito (la mejor de todas), me olvido de cualquier cosa que no sea Juana, que tiene trece años y puede ser el precio que yo le cobre a Perpetuo por sacarle a toda la familia de la mierda, de la basura, de las hojas secas, de la orilla derecha del Manzanares, que es la orilla separada de la ciudad por el río, la orilla maldita de los solitarios, los suicidas, los delincuentes, los perseguidos y los parias.

En la orilla derecha del Manzanares acampan gentes que han sobrevivido a la guerra, que no han vivido la guerra, perdidos entre las hojas del otoño, todas de un fuego muerto, y las hojas de la primavera, todas de un verde virgen.

—A mí, señoritu Mariano, se me ha pasado la guerra por encima, de costadiño, no lo sé, en la familia no ha habido difuntiños.

—Porque eres un hombre tranquilo y bueno, Perpetuo.

—Y usted que lo diga, señoritu Mariano.

De aquí no sale un reportaje con fuerza, pero vuelvo y vuelvo porque esto es la paz y porque Juana, la niña Juana, me gusta mucho. Marzo marcea entre soles y grises, entre nieves y luces. Juana coge palitos, insectos, piedrecillas de mar, más que de río, anónimas y coloreadas como joyas, en la orilla, ya cerca del Puente de Toledo, tan barroco, todo piedra de oro, todo oro en piedra, un monumento con luz y fiebre de criatura. Me estoy enamorando de esta niña y marzo corre por el cielo como una estampida de caballos, como la *rapa das bestas* que Perpetuo ha trabajado en su Galicia. Sólo que las bestias son nubes.

—Yo te voy a colocar de barrendero municipal, Perpetuo.

125

—Gracias al señoritu, pero uno está mejor aquí, señoritu, sin encomendero que le ande. Mandamos en nuestra miseria, señoritu.

Al parar en Getafe, el tren que venía de Jaén, cargado de braceros que habían amagado la revolución agraria, la tierra para el que la trabaja, fueron fusilados trescientos. En La Mancha, por Socuéllamos y por ahí, también hay mucha persecución del campesino marxista. Uno al pozo, otros el cartucho de dinamita, otros a la pira de gasolina, a otros un viaje de chaira, que lo cuente la familia Martínez Acacia, hasta el último, boticario y poeta, muerto en el Gijón de un derrame cerebral. En Oropesa se ha toreado al cabecilla sindical, picado y bien picado, luego las banderillas con navajas y finalmente el machete. También les sacan los ojos, en puñados, y los meten en sacos, como si fueran almejas. He metido la mano en un saco de ojos y he sacado las almejas humanas del mirar. Sé que el hombre puede soportarlo todo y que el Orden general, apolíneo, joseantoniano, es superior a ese asco individual de la persona, con sus vísceras, sus enlagunamientos de sangre y baba, su mierda delicada y barroca.

María Prisca me llamó a deshora:

—Que te mando el coche, que te vengas, que es urgente.

Estaba yo trabajando en la Underwood, un reportaje sobre los sucesos que cuento más arriba (luego lo prohibiría la censura), estaba yo tan ricamente en casa de Escola, con el cornalón en su pueblo y ella en la cama, que aquella semana andaba un poco de la tos (a María Prisca le hice creer que era una nueva pensión que me había buscado). Besé sobre la tos contagiosa y adorable

126

a Escola, bajé a la calle y tomé el coche del ministro don Sancho.

—Que vamos al depósito, que Juan Bosco se ha suicidado en la celda.

Juan Bosco, el poeta gordo y barbudo, bueno y sonriente, pérfido y de media voz, yace desnudo sobre una mesa de mármol crudo, en el depósito. María Prisca viene de gafas negras y luto de Pedro Rodríguez, como las artistas en estas circunstancias. Juan Bosco se ha colgado de un hierro del techo con una media de mujer, se ha estrangulado.

—¿Y quién le proporcionaba medias de mujer a Juan Bosco, amor?

—Bueno, a mí me pidió un par, usado, porque era muy fetichista, y se las llevé una vez como recuerdo. Cosas de poeta.

—Cosas de cabrón. Tuvo que dejarme el sitio a mí.

Pero María Prisca, marquesa de Arambol, se ha arrodillado y reza. La oración es una buena manera de no contestar a las preguntas difíciles. Fabián, el mecánico de don Sancho, el ministro, nos ha traído al depósito impasible, como siempre (el depósito donde yo me forniqué a la hermosa muerta Filomena, no hace tanto, que era una cabeza de Botticelli y un cuerpo de Ingres). Fabián, el mecánico, se fuma un pito con los tíos del depósito, que van de sepultureros y estoy seguro que se follan a todas las muertas jóvenes que les llegan, es una tradición que viene de los egipcios, Sinué ya lo hacía, el muy salido.

—A Juan Bosco lo has matado tú con tu delación, Mariano.

—A Juan Bosco, el gran poeta social, lo has

matado tú con tu coquetería, Prisca. Cuando te pidió unas medias tuyas, como recuerdo, te pudo la vanidad y se las llevaste. ¿Para qué quiere un muerto unas medias de mujer, si no es para suicidarse?

Juan Bosco, tendido en la mesa de mármol, desnudo y gordo, era como un cerdo para la matanza, un cerdo que hace poemas y al que le ha crecido la barba de tanto esperar su sanmartín. A mí me produce asco, indiferencia y prisa por salir. Mi discusión con María Prisca suena teatral en los vacíos del depósito, un sitio que evidentemente no está pensado para la audición.

—Me has traído aquí para que vea mi obra. ¿Creías que esto me iba a impresionar, ese cerdo con los huevos encogidos por la muerte?

—A veces llegas tan lejos que no te comprendo, Mariano.

—Ni yo a ti. ¿Por qué no has venido sola a rezarle a tu viejo semental?

—Tú lo mataste.

—Se ha matado él, se ha suicidado.

¿Cómo se puede matar a un hombre con una crítica de poesía, con unos elogios? Pues bien, yo lo había conseguido. Ahora me da igual que Juan Bosco esté muerto o vivo, y sólo pienso que cualquier día tendré que volver al depósito a visitar el cadáver de Nemesio Córdoba, el cristiano marxista y chepudito, el de la calle de la Madera. Me gusta mi trabajo al principio, pero no me interesa el final.

—María Prisca, vete a la mierda.

—De momento vamos al coche, que Fabián nos espera.

Ya en su casa, dos Chivas a la salud del muerto

y un polvo a deshora, una reconciliación, un homenaje. Con la madrugada nos llegó la felicidad.

Al que no quiere confesar se le liman los tobillos. Todas las noches hay fusilamientos en la Casa de Campo y Maudes. Franco está limpiando fondos a España, como a un navío, y en eso estoy con él, aunque muchas cosas las hacen por libre los falangistas, es una libertad que les deja el Caudillo para que se desfoguen, y claro, se pasan. Me dice Juan Aparicio, masticando su puro apagado y baboseado, que un setenta por ciento de Madrid es de derechas y de Franco. Pues venga con ese treinta por ciento. De vez en cuando aparece un cachalote importante, un Real Arco grado 13 de la masonería. Eso ya es un regalo, pero van quedando pocos, y algunos intocables, como el duque de Alba.

Andamos por los setenta mil muertos. La cifra me parece correcta. En Madrid funcionan unos ciento cincuenta tribunales de urgencia, donde se ventila el proceso rápido y se fusila al rojo. La Dehesa de la Villa aparece todas las mañanas florecida de abogados azañistas y mujeres de Vallecas que querían un hijo de Stalin, las muy putas. El Ateneo Libertario de Cuatro Caminos es hoy un tribunal de Franco donde se juzga de prisa, pero en justicia, y pocos se salvan. A los masones ya ni siquiera se les somete al proceso de exorcización del dibujante Demetrio, que eso lleva mucho tiempo. Lo tengo escrito para Juan Aparicio: «El mejor exorcismo, para un masón, es el pelotón.» La imprenta del Quijote, ya se ha dicho, en la calle de Atocha, es hoy otro tribunal que funciona al límite, rápido y eficiente. Algunos acaban con los párpados y la boca cosidos con imperdibles, para que no sigan blasfemando.

Recibo en la oficina de Juan Aparicio una carta de Nemesio Córdoba, desde Carabanchel, pidiéndome que vaya a verle. Y decido ir. Me apetece de manera aguda y misteriosa hablar con mi víctima. Nemesio Córdoba, del otro lado de la reja, mínimo y torcido, con los ojos de un verdeazul revuelto, me agradece el cuarterón de picadura que le llevo y se pone a fumar con ansia, alegría y uñas negras.

—Sí, estás aquí porque te he denunciado yo, Córdoba. ¿Es eso lo que querías decirme?

—Lee a San Anselmo, por favor.

—Ya sólo leo a José Antonio. ¿Qué cargos tienes?

—Ninguno, pero eso me da igual. Aquí se está bien.

—Estas jugando a mártir, cabrón.

—Mártir sólo significa «testigo», y tampoco es demasiado. No creas que hago un papel, Armijo.

—Sólo quiero que pases aquí una temporada. Tu cristianismo marxista es un contradiós y me jode.

Fabián me ha traído en el coche ministerial. Las mañanas de Carabanchel son ahora marceñas y primaverales. Los familiares de los presos son una multitud color desesperación que charla, protesta y hasta canta, entre los culatazos de los soldados. Fabián fuma impasible dentro del coche, feliz e inmóvil, al abrigo de la mañana marceña, tormentosa de gente y de presos.

—Como dijera Santa Teresa, «eres una pura oscuridad», hijo mío.

—Deja de utilizar a Santa Teresa como si fuese la Pasionaria. He venido a verte porque me has llamado y por si necesitas algo.

—Amor.

—Lo siento. Aquí lo único que no podéis hacer es follar, mira a ver si algún común te da por retambufa.

—No entiendes nada, Armijo. Quiero el amor de los presos, de los guardias, quiero tu amor y el de todo el mundo. Creo en un mundo de amor y no en este mundo de muerte que ha nacido de la Victoria.

—Eso tendrás que contarlo ante un tribunal y te puede costar la vida.

—Amor es perder la vida por alguien, por algo, por todos.

—Tú no eres un marxista. Tú eres un liricoide cachondito que no te has definido aún sexualmente.

—Gracias por la picadura, Armijo.

—No hay de qué, Nemesio. Tu amor universal no es más que soberbia, otra forma de dominación.

—¿Como la de Hitler?

—Pues sí, como la de Hitler.

—Te creía más preparado, Armijo.

—Tú estás preparado en una cosa y yo en otra. ¿No me preguntas por tu porvenir?

—Mi porvenir es el cielo.

Me eché a reír.

—Eres un beato de mierda, Nemesio.

—Tu amado José Antonio creía en el cielo.

—Yo no soy José Antonio y sólo creo en la purificación aquí en la tierra. O sea la muerte.

—¿Me vais a matar, Armijo?

—Eso ya no es cosa mía. Tengo una pistola y me repugna matar. Jamás la usaré. Yo me limito a opinar sobre la gente que conozco. Adiós y suerte, Nemesio. No eres más que un caso raro y no nos gustan los casos raros.

Diez

Las paellas de Alfonso Camorra, en Riscal, corren ya en coplillas populares. Es el hambre saciada de los ricos, cantada con inspiración y abstinencia por los pobres, vieja hornacina de España, que por todo el mundo corra urgentemente la voz de lo bien que hace Camorra el arroz. En Cataluña vamos por los 9.385 fusilados. Era la zona más peligrosa y difícil de limpiar. Nemesio Córdoba ni siquiera se merece el paredón. A Nemesio Córdoba yo lo mandaría a Cuelgamuros, a trabajar con el buril la piedra inspirada de mi amigo Juan de Ávalos. El sol de la Castilla mística que tanto ama puede secarle en cuatro días. Con Escola ya sólo puedo joder teniéndola debajo, si le pido que se ponga encima en seguida le viene la tos y tengo miedo de que un día me eche la sangre por encima, y esto ya me la afloja. La niña Juana sigue cogiendo piedras de mar a la orilla del río; tengo proyectos para esta niña. María Prisca me cuenta que don Sancho y su señora cancerada han merendado en El Pardo con Su Excelencia, tomaron chocolate con churros, todos de muy buen humor, Su Excelencia estuvo muy gracioso contando anécdotas de África y la Legión, que es el tema que más le gusta. María Prisca ve la situación segura, de momento, para ella, y por lo tanto para mí. Pedro Damián viene periódicamente del pueblo con unas cananas de perdices para Escola, y una cesta de huevos, esa tos se te quita comiendo más huevos, si lo sabré yo, hija, he llegado a la conclusión de que Pedro Damián sabe y no sabe lo nuestro, lo acepta y no lo acepta, prefiere la ignorancia a perder a Escola, de modo que nos llevamos muy bien y compartimos juntos el jamón de jabalí (los caza él mismo con telerrifle, aunque está prohibido), y el jamón de jabalí compartido, como la hembra compartida, es una cosa que une mucho a dos machos que hemos ganado la guerra, él en el frente y yo la estoy ganando ahora, con mi Underwood. María Prisca, marquesa apócrifa de Arambol (anda siempre en pleitos con sus hermanos y maridos, por el título), sigue llevándome al Club de Golf por las mañanas, a su casa a echar un polvo alegre, como ella dice, por las tardes, a Chicote, Pasapoga y el Gijón por las noches. En el Gijón encuentro siempre a dos hombres que me impresionan mucho, ya se ha dicho aquí: César González-Ruano, como un violinista *belle époque* de la prosa, y Camilo José Cela, como un legionario de los clásicos o un Torres Villarroel que estuvo en la toma de Bilbao. Creo que mientras tengamos estos dos prosistas tenemos España. Perpetuo, el padre de niña Juana, como gallego que es, no acaba de verme claro en mi protección a su familia ni en mi interés por esa corza rubia que es niña Juana. Pero yo creo que el dinero y la influencia pueden ganar incluso a un gallego. Quizás a un gallego más que a nadie. Hay una Quinta Columna falangista que sale por las noches a hacer de las suyas, al margen de la represión organizada de Franco. Van en un Ford T de papá, ya se ha dicho aquí, recorren la noche manchega, capital y pueblos, con la carrocería llena de yugos y flechas, beben mucho coñac, soban constantemente las pistolas y detienen a cualquiera que lleve boina:

—Tienes que desengañarte, Mariano, todo el que lleva boina es un hijoputa.

El de la boinilla es como un vampiro inverso, ya que le faltan precisamente los dos colmillos, y cuando sonríe, con sonrisa vil y miedosa, se le ven dos colmillos de sombra, dos vacíos, dos huecos. El hombre de la boinilla, el vampiro proletario sin colmillos, acaba en la carretera de Murcia, como tantos, fusilado a pistola: los chicos me animan a disparar yo también, pero les digo que me he dejado el arma en casa, y entonces me ofrecen la suya, pero les digo que sólo me gusta matar con mi pistola, que todavía está caliente del disparo anterior. La verdad es que llevo la Star en el bolsillo, pero la muerte así, la muerte en serie me parece monótona como el joder en serie, ya se ha dicho aquí, prefiero la delación, que es lo mío, una cosa más intelectual, el poder de la palabra, el saber que he matado a un hombre con una crítica de poesía, la ballestería secreta y evidente del idioma, matar a distancia, disparar un adjetivo como una ballesta, como una flecha envenenada con el curare del adjetivo, eso es lo mío, estos chicos me parecen muy elementales matando, se creen muy señoritos, pero no son más que los braceros de la muerte, una mierda. Lo que uno quisiera es follarse a las chicas que trabajan en las fábricas de pañuelos de Argüelles, todas rojas, o violar a una monja en una checa, aunque esta palabra es de los rojos, o a una ayudante de lavadero del Manzanares, de esas que veo cuando voy a visitar a Perpetuo, pueblo de Madrid, pueblo rojo y canalla, inextinguible, pese a todo, eso es lo que me gustaría humillar mediante una violación, esa carne de dulcísima estraza de las lavanderas, lejía y jabón lagarto, o las tenderas de Arenal, virgencitas entre cirios y rosarios de garbanzos gordos de oro, carne de sacristía de catedral, poseer, en fin, al pueblo en sus mujeres, el pueblo, el pueblo, el monstruo que codiciamos y siempre se nos escapa con Marx o con Cristo.

Las púberes canéforas, las niñas, entre ellas mi adorada Juana, se mueven en un ballet de gimnasia rítmica, desnudas y pálidas, rubias de cuerpo, incluso las que tienen el pelo negro. Todos acechamos la huchita deliciosa de su sexo infantil y sin vello. Más que la gracia del ballet o la gimnasia, lo que las mueve y redime es la gracia natural de la edad, lo que tienen de cachorrillos hembra de la especie.

Detrás del cristal negro, que para ellas es espejo (o sea que las vemos y no nos ven), están algunos grandes políticos, hombres del Régimen, falangistas notorios, viejos verdes del franquismo, y estoy yo. Se reúne a estas niñas en un chalet de El Viso y se les enseña gimnasia rítmica, desnudas (sólo tratan con mujeres, profesoras, señoras de la Sección Femenina), y los jerarcas del sistema asisten al espectáculo vibrátil y delgado, bello, sutilísimo y dulce, del desnudo musical de las menores.

La cosa cuesta muy cara y todos pagan por verlo, y cada niña se lleva a su casa cierto dinero. Son generalmente, claro, niñas necesitadas. A los padres se les dice que han sido elegidas por la Sección Femenina para estudiar y practicar gimnasia rítmica, que es lo que le he dicho yo a Perpetuo, el padre de Juana. Pero la cosa se irá a la mierda cualquier día, cuando el padre de niña

Juana sepa que las niñas hacen los ejercicios desnudas.

Mi amor por la niña Juana se hace violento, confuso, paternal, incestuoso y sucio, pero nunca voy a tener a esa criatura de alma rubia, piernas largas y senos ausentes. Las sesiones se dan una o dos veces por semana. Creo que una cosa muy parecida hacen los nazis, incluso con las niñas judías. Nos escondemos, no sólo por voyeurismo, sino porque nuestra presencia inhibiría la gracia silvana de estas niñas que se creen solas, y que son cada una de ellas (doce, trece años) un esbozo sutil y fascinante de mujer, con su pelo riquísimo y sus culitos altos, gimnásticos y crecientes.

Franco se había entrevistado en Hendaya con Hitler, logrando nuestra neutralidad en la guerra mundial. Yo hubiera querido participar con alemanes e italianos en la gran cruzada contra el capitalismo y las democracias, los judíos y otras razas oscuras que me apestan a Antiguo Testamento. Yo soy rubio y muy blanco de piel, por eso les gusto a María Prisca y a Escola. No consigo meter un solo artículo en *Escorial*. Los falangistas liberales (qué definición, qué gilipollas) sin duda me encuentran demasiado nazi. Ya se irán enterando. Tras la cenefa de muertos de la guerra, la cenefa de las colas por las patatas o las alubias. Franco no ha hecho la revolución social de José Antonio y esto se ve en el hambre del pueblo. Mi amigo Juan de Ávalos sigue trabajando aplicadamente en sus grandiosas esculturas de Cuelgamuros. El cardenal Gomá muere pidiendo clemencia para los vencidos, pero demasiado tarde. Ha muerto Azaña en el exilio. Tenía una gran cabeza política, pero era un poco blandulón para mandar. Escribo artículo sobre él y Aparicio me lo censura entero.

Muere Alfonso XIII en Roma. Esto, a la gente de las colas le da igual. Franco se entrevista con Mussolini en Bordighera.

Con Mussolini, como antes con Hitler, Franco no llega a nada, porque no quiere. Publico algunas cosas en *La Codorniz,* con pseudónimo, gracias a Miguel Mihura, y no se entera ni Aparicio. Serrano Suñer sigue muy ilusionado con su División Azul, en la que agoniza líricamente su amigo Dionisio Ridruejo, lleno de fe antisemita, pero la figura que se va decantando en Alcalá, 44, por donde voy muchas mañanas y algunas tardes, es Arrese, con su perfil anodino, su bigote mal pensado y su docilidad al Generalísimo. Es el hombre justo y oportuno para reducir la Falange a una burocracia o a una constructora de viviendas para los productores.

Todo esto me asquea y no hace sino ahusar mi espíritu de delación confidencial o escrita, periodística. Casi, más que descubrir rojos me interesa descubrir falsos falangistas, sorprenderles en algún estraperlo que me permita ponerlos en vergüenza o algo peor. El INI acabaría siendo el asilo de las empresas en bancarrota, pero de momento luce muy moderno y suntuoso en la Plaza del Marqués de Salamanca. Es el nido de la oligarquía franquista, que nada tiene que ver ya con la Falange. El Régimen se va vistiendo de paisano rápidamente, y sólo les queda un falangista de cultura, acento y gracia, que es José María Pemán, pero lastrado, ay, de un monarquismo fanático. Alfredo Mayo, Ana Mariscal, Blanca de Silos y José Nieto son los mitos franquistas de la película *Raza.* A

Perpetuo, en su chabola del Manzanares, le llevo un dinero, le convenzo de que la niña va a ser una estrella de la gimnasia rítmica y le compro todos los trapos y miserias que va reuniendo a la orilla del río. Los ciruelos de marzo florecen sobre la incipiente prostitución de mi adorada niña Juana, que tiene más pezón que pecho.

Muere Miguel Hernández en la cárcel, dentro de un pulmón artificial, biografiado a muerte por Juan Guerrero Zamora y Leopoldo de Luis (quizá ya se ha dicho aquí, pero conviene repetirlo). A mí la verdad es que Miguel Hernández me suena como un Gabriel y Galán pasado por el barroquismo y el 27. De comunista nada, aunque tuviera carnet. Era un hombre bueno que quería seguir cultivando su huerto en paz, o mejor su huerta. Escribo artículo sobre esto y Juan Aparicio, mi protector, me lo censura íntegro. «De Miguel Hernández mejor no hablar, ni mal ni bien.» Era el otro Lorca de la guerra y eso convenía no tocarlo. A poco del estreno de *Raza* muere el padre de Franco, espero que no como consecuencia de haber visto la película de su hijo.

Serrano Suñer empieza a estar en entredicho como hombre fuerte del franquismo y la Falange. A mí me parece un nacionalcatólico disfrazado de falangista y cautivado emocionalmente por la grandeza de Hitler y Mussolini. Aspira a un fascismo católico para España, cuando la esencia de los fascismos es pagana. Marcial Lalanda es el mejor torero castellano de la historia, después del genial «paleto de Borox», Domingo Ortega. Un día, a la salida de una conferencia de Zubiri, le pregunto a Domingo Ortega, en plan de reportero, qué tal ha estado el filósofo.

—Regular. Se ha metido con Kant.

María Prisca me lleva a los toros algunos domingos, a ver a Marcial Lalanda y Domingo Ortega. Un día, después de la corrida, cenamos con Domingo Ortega en un tabernón de la puerta de Toledo. Yo creo que María Prisca se había tirado al viejo torero o se lo pensaba tirar. Domingo Ortega, a primera vista, tenía una cabeza noble, pero más de estaño que de plata. Luego, en la cena, era un señoruco toledano que no tenía mucho que decir. Don Juan de Borbón escribe a Franco pidiéndole que abdique en la Corona. Franco tarda meses en contestar. Escribo algunas cosas para el NODO, pero no me gusta el cine ni nada que no sea un periódico. Muñoz Grandes sigue ganando la gloria de Hitler. A Franco parece que eso no le inquieta mucho. Si Hitler gana, ya se encargará él de restar protagonismo a Muñoz Grandes. Y si Hitler pierde, Muñoz Grandes será el implicado en la derrota, y no el imparcial Franco. Don Esteban Bilbao brujulea mucho. Estrellita Castro le gusta a Escola, de modo que me lleva a verla al Calderón. A mí esto de la copla me da como un cierto asco y creo que es una cosa que hay que barrer de la España joseantoniana, pero a Escola no se lo digo. Para qué estropear las cosas, si a la vuelta del teatro vamos a follar dulcemente en su casa.

Me gusta vivir en casa de María de la Escolanía y levantarme, después de un polvo casi matrimonial, desnudo, a buscar algo frío de beber en el frigorífico de hielo (años más tarde, yo los conocería eléctricos). María de la Escolanía duerme con el rumor lóbrego de los tísicos en el pecho, el barrio de Salamanca tiene una distinción de luna y edificios fin de siglo, que me gusta mucho. Aunque Franco, cuando la guerra, mandó respetar en los bombardeos el barrio de Salamanca (ya lo he dicho aquí, seguramente), hay fachadas con viruela de proyectiles y solares donde los gatos se reproducen y los perros se comen los cadáveres recién descargados por la camioneta falangista (el Ejército mata legalmente, mediante expediente y resguardo). Todas las noches hay concilio de perros, con latín de gatos, esperando que llegue la camioneta con los fusilados. Los perros aúllan, pero a mí eso no me perturba y me tomo una cerveza despacio, o un vinito tinto, porque Pedro Damián, el protector de Escola, aún no ha descubierto el whisky (es un rico rural). Un día se lo dije a Escola:

—Dile a Pedro Damián que en Chicote te has aficionado al whisky y que te compre alguna botella. Es un cabrón que se limita a traer productos de la tierra.

—Pobre. No te metas encima con él.

—Estoy hasta los cojones de beber cerveza alemana, negra y dulce, y vinito manchego. Me apetece un whisky después de follar.

Los periódicos apenas dan nada de los maquis, pero están cayendo como moscas. Recuerdo al primero, el que conocí y denuncié en la pensión de Argüelles. Al fin, esta noche, tengo un whisky escocés de lo mejor. Soy muy germánico de ideología, pero muy anglosajón para la bebida. Y amo mis contradicciones, que al fin y al cabo son mi yo. Los perros aúllan a la espera de su ración de muertos. Los gatos dan alaridos, en el solar de enfrente, llamando a la gata. El sereno asturiano de Pravia pasa despacio, sin meterse en nada. Oigo su chuzo contra el asfalto. Estos señoritos falangistas que no han leído a José Antonio, lo están haciendo de chapuza, pero todo lo que sea matar es bueno. Al fin me acuesto desnudo, en la cama común, y duermo muy bien, pese a la respiración difícil de Escola, que, en sueños, me coge la polla entre sus manos de monja y duerme como una niña.

Tended vuestras miradas, como líneas sin peso y sin medida, hacia el ámbito puro donde cantan los números su canción exacta, José Antonio. 9.385 fusilados en Cataluña, ya se ha dicho, la cosa funciona. A Nemesio Córdoba le crece la chepa en la cárcel mientras lee y relee las encíclicas de los Papas, ya no va a haber sitio para tanta chepa. Las putas caras cenan en Riscal y las putas baratas ayunan en la calle Peligros. Rojas es un bohemio, un mendigo, un paria intelectual, un piernas que se pasea mucho Madrid y suelta poemas anarquistas por las tabernas. Rojas es gallego, tísico y mordaz. Franco es la sutileza de un gallego contra la lógica de un germano, Hitler. *Escorial* sigue sin publicarme mis poemas juanramonianos y las colas para todo siguen en la calle, como cenefa negra de un franquismo que no ha hecho la revolución. Mi amigo Juan de Ávalos trabaja la piedra inspirada de Cuelgamuros. La muerte del cardenal Gomá ha sido como quitarse de en medio un estorbo. La muerte de Alfonso XIII pone a Franco en duelo directo con Don Juan, que nos ha salido muy respondón y exigentillo. Franco ha perdido la oportunidad de hacerse fascista con Mussolini, como antes la perdiera con Hitler. Arrese sigue entre la cursilería y la albañilería. Colaboro a escondidas en *La Codorniz*. La gente sigue haciendo cola para ver a Alfredo Mayo en *Raza*. Franco no lleva luto por su padre. Releo a Miguel Hernández y me suena a Gabriel y Galán. Era un buen chico. Don Juan no para de escribir a Franco, que siempre mete sus cartas debajo de todo el montón de la correspondencia, sin contestarlas. Para Reina Madre ya tenemos a Franco. A mí lo de los borbones me parece un juego de golf, como cuando los golfistas que me lleva a ver María Prisca. El NODO es una hagiografía semanal de Franco y casi todo el mundo procura llegar tarde a la película para perdérselo. Muñoz Grandes recibe las cruces de Hitler. Es un hombre bueno, un nazi moderado, y por eso Franco le margina. Triunfan Esteban Bilbao y Estrellita Castro. Perpetuo se ha enterado de la verdadera explotación de su niña Juana y me busca por todo Madrid, con la chaira en la mano, para clavarme el corazón contra el tronco de un chopo. Publico un reportaje denunciando −«Travesía del Manzanares»− a los lumpen y rojos que sobreviven en la orilla de allá, un residuo miserable de la horda republicana. La denuncia lleva en seguida a Carabanchel a Perpetuo, él no sabe por qué, y a niña Juana la metemos en un correccional para menores, tampoco ella sabe por qué. Algunas tardes voy a visitar a niña Juana, que está de mandilón y lazo de cretona en el pelo:

−¿Dónde están mis padres, señor Armijo?

−Tu padre anda en un trabajo duro y tu madre ha tenido que volver a Galicia, pero no te preocupes, que todo se arreglará. ¿Qué tal estás aquí?

Mi proyecto es que Perpetuo acabe en Cuelgamuros, picando piedra para Juan de Ávalos. De otro modo, un día me va a partir la madre con su chaira.

—Bien, las señoritas nos cuidan mucho. Pero quiero volver al río y con papá.

—Volverás pronto. Ahora aliméntate y juega mucho.

—¿Qué es esto de la Sección Femenina?

—Una cosa para alimentar a las niñas desnutridas.

—¿Yo soy una niña desnutrida?

—Tú eres una niña adorable.

Y le sobo mucho las manecitas, la cara pálida, el pelo de un dulcísimo esparto de oro.

—Es usted bueno con nosotros, señor Armijo.

—Cumplo con mi deber, hija mía.

Once

María de la Escolanía está muerta en su cama, muy digna y compuesta, muy maquillada y guapa, como ella es, como ella era (qué patético esto de la conjugación de los tiempos verbales).

María de la Escolanía hace una muerta guapa, pura, virginal y buena que a todos nos va a seguir queriendo desde el cielo. Recuerdo cuando cenábamos chicharros y bajábamos al cine Salamanca, conde Peñalver, a ver un programa doble de sesión continua, por las noches, antes de toda una escena de amor y sexo. Comprendo que Pedro Damián estuviera enamorado de ella y ahora llore en la cocina, bajo los visillos de cuadritos rojos y blancos, sobre una copa de coñac Ciento Tres (o quizá sea Tres Cepas). Yo también lloraría si no fuese un joseantoniano duro que ante todo se defiende del ternurismo de las mujeres, sobre todo de las mujeres muertas, que son las más coquetas, las muy putas. Sáenz de Heredia, Mercedes Vecino, Armando Calvo, Alarcón, Vidal y Barraquer, Arruza, Luis Miguel Dominguín cazando con Franco, hay toda una España en torno que gira alrededor de esta casa, parte alta y barata del barrio de Salamanca, donde a una dulce muerta de hemoptisis la lloran dos amantes con sentir y comedimiento. El *Informaciones* sigue contándonos las victorias de Hitler, Cela se da de hostias todas las tardes con los colegas del Gijón, Solana sigue pintando España negra, pero es un señorito de Santander y se le consiente, Franco entregará Laval a Francia, Pau Casals ya toca su chelo en Nueva York. Le invita a cenar una millonaria de Manhattan, y si puede, profesor, tráigase el chelo, lo siento, señora, pero el chelo no cena, nada de dar un concierto por una cena de mierda, un catalán con dos cojones.

Zuloaga, que había sido el pintor del 98, un Greco de guardapelo, acaba metiéndolo Franco en los billetes de 500, todo el mundo se está vendiendo al franquismo y por eso uno se siente cada día más joseantoniano. Van a acabar fusilándome. Un día sí y otro no vamos a la plaza de Oriente a aclamar a Franco, contra el cerco internacional, y los golfos se suben a las farolas por contemplar desde arriba el discurrir de la Historia, como los poetas franceses se subían a los árboles por ver escribir a Balzac.

Eva Perón le llama a Areilza «gallego de mierda». Los flechas leen *El Coyote*. María Félix, Dolores del Río, Jorge Negrete y Cantinflas mejicanizan España, pero el Gobierno mejicano no quiere saber nada de nosotros. Manolete está cada día mejor en la plaza, pero con toros pequeños y derriñonados mediante la descarga de sacos de arena. La gente lee a Pedro Mata y a don Manuel Machado, que se ha vuelto muy franquista. Triunfan Lola Flores y Caracol. Caracol algunas noches canta para nosotros, jerarcas del Régimen y periodistas. Escribo un artículo muy literario sobre Caracol. Benlliure había llenado España de pastelería valenciana y hasta tuvo la Legión de Honor, en Francia. Era un Rodin de caja de cerillas. El Real Madrid estrena el Bernabeu.

Después de besar a Escola en la frente y en

las manos, pura cera virgen, me voy a la cocina con Pedro Damián, a ver qué pasa. Estamos para poca conversación. Él fuma y llora. Yo bebo y no lloro.

—Era una santa.

—A mí me lo va a decir usted.

—Yo hice lo que pude. Le traía alimentación todas las semanas.

—Por eso le habrá perdonado en el cielo.

—¿Perdonado?

—Usted disimule la palabra. Quiero decir que rezará por usted, don Pedro.

Y acabamos compartiendo el coñac Tres Cepas, o lo que fuese, que Pedro Damián había encontrado en el escondrijo de la asistenta.

—Estamos bebiendo un coñac de asistentas, señor Damián.

Pero no me contestó. Se bebe para olvidar y cualquier bebida vale. Luego se olvida todo, efectivamente, menos lo que queríamos olvidar. Estamos entre dos luces y es la hora de los primeros disparos, de las primeras ejecuciones en los solares. A algunos presos se les hace cantar previamente el *Cara al sol*, y la verdad es que los condenados afinan mucho y lo hacen muy bien, da gusto oírles desde la cocina. Pienso que esta guerra la hemos perdido los rojos, los falangistas y los perros, que ya aúllan hambrientos de muerto. El perro es un animalito que en seguida saca el lobo que lleva dentro y te muerde el corazón. Hay dos represiones, la oficial del Ejército y la espontánea de los niños falangistas. Hablaron los surrealistas de un «caballo de manteca». Escola es una muerta de manteca, alimenticia. Vuelvo junto a ella y la chupo un poco.

Girón cierra todas las noches Casablanca, de madrugada, a punta de pistola. Manolete está sentado en Chicote, en su tertulia de silencio. Don Manuel Machado, ya se ha dicho aquí, le hace versos a Franco. Lola Flores y Caracol (quizá también se ha dicho, pero todo conviene repetirlo) son una hoguera humana con dos sexos en los tablaos de Madrid. Es la España de Benlliure y el Real Madrid. Rita Hayworth me pone absolutamente cachondo, como todas las delgadas. Manuel Fraga y su condiscípulo Robles Piquer se aplican a tapar con almagre las piernas de Gilda en los carteles cinematográficos. Franco había autorizado la película, de modo que están censurando a Franco. Son dos jóvenes falangistas a los que yo veo muy pronto integrados en el franquismo (como lo estoy yo, qué coño). En todo caso, José Antonio hubiera exigido un poco más, mucho más que andar tras las piernas de las tías, para hacer su revolución. Más que falangistas, esta pareja me parecen dos buenos chicos de Acción Católica. No les mueve la Falange. Les mueven los curas. Don Juan de Borbón sigue incordiando a Franco para que traiga la monarquía, pero Franco se tiene tieso, y sólo en esto estoy de acuerdo con él. Aurora Bautista no es Rita Hayworth, qué le vamos a hacer, uno tiene sus gustos. Los pintores catalanes empiezan a hacer antifranquismo en la pintura, pero no se nota. Recuerdo cuando Escola y yo nos marcábamos unos boleros de Machín en el baile/bolera de Arlabán. Ahora Escola está tiesa en el ataúd, vestida de monja (cosas de Pedro Damián), esperando a los de la funeraria, y yo la sigo encontrando follable. Pedro Damián me dice que tenemos que bajar el cadáver entre los dos.

María Prisca y yo estamos sentados en la cama, después del polvo, tomándonos la copa que ha traído el *valet* marica.

—Que Franco le ha mandado el motorista a Sancho.

—¿Cese?

—Cese.

—¿Pero no iban tan bien las cosas?

—Ya sabes cómo es el cabrón de Su Excelencia.

—A lo mejor le han enterado de que el Ministerio estaba lleno de poetillas rojos.

—Ya te ocupabas tú de ir depurándolos.

—En todo caso estamos en la puta calle.

—Y que he perdido el pleito con mi marido y ya no soy marquesa.

María Prisca fuma, se pone absurdamente las grandes gafas negras, en la cama, y se acaricia los pechos desnudos, como si fuesen el único tesoro que le queda en esta vida.

—Sólo te falta decirme que el *valet* te pide los atrasos.

—Bueno, podemos seguir usando el coche durante un tiempo.

—Pero sin la banderita, supongo.

—¿Te hacía ilusión la banderita?

Lo encuentra infantil y me da un beso de ternura. Espero que no se esté trabajando otro polvo.

—¿Puedo hacer algo por ti, Prisca?

—Eres un cielo.

Y me vuelve a besar.

—Te puedo devolver la palomita de plata.

—Seguro que la empeñaste al día siguiente.

—Pero ya la he desempeñado. Mañana te la traigo.

—Hijo, qué presencia de ánimo tienes.

—¿Te queda dinero?

—Sólo me quedas tú.

—Pero yo trabajo mucho y no gano un puto duro.

—Pues lo dejas y nos retiramos los dos a mi chalet de Benidorm.

—Está hipotecado.

—Eres cruel.

—No quiero dormir en la playa de Benidorm. Se me enfría el colon.

—Sólo me queda una cosa.

—Otro ministro.

—No. El Pardo me controla.

—Pues qué.

Apaga el cigarrillo, se quita las gafas, me mira profunda y seria:

—Suicidarme.

—No seas romántica. No se lleva.

—Te lo juro.

No sé si habla en serio, pero tampoco me preocupa demasiado. Ya me aburre el Club de Golf. Y ella, en la cama, se ha convertido en un trabajo, en un deber, más que otra cosa. Como todas. Puede ser la ocasión de largarse.

—Tú no me quieres y yo me suicido.

—¿Se me nota?

—Demasiado.

—No lo hagas. Sería mucho jaleo. El marica, el chófer y yo tendríamos que ocuparnos de tu cadáver. Qué lata.

—No me tomas en serio.

También por este barrio los perros aúllan su hambre al anochecer.

En los quioscos se vende mucho Juan Centella, el famoso detective hispanoamericano de fuerza hercúlea, muere Aranda, un inteligente y cauteloso militar masón a quien, ya desde Burgos y Salamanca, Franco ha venido marginando, Franco no es aplaudido ni atacado, me parece que para los españoles es ya incvitable, lo que quiere decir que nuestra revolución no tiene porvenir alguno. Arias Navarro está haciendo la depuración en Málaga con mucha sangre y esmero, a Escola la hemos enterrado en la Almudena y yo me voy a vivir a Ventas, con una familia, como estudiante, según lo convenido con Aparicio, que Ventas es barrio donde seguramente me va a salir toda una cosecha de rojos denunciables, un cosechón de fusilados.

A Sancho Galia, Franco le ha enviado el motorista negro al día siguiente de una merienda con chocolate en El Pardo, matrimonial, era una despedida, pero Sancho Galia no lo sabía, Su Excelencia nos ha jodido la vida a unos cuantos, pero es su procedimiento, siempre lo ha hecho así, no hay queja, lo siento por los poetillas comunistas de Obras Públicas, que se jodan y trabajen. María Prisca me dice que no la quiero, el ex ministro le retira la pensión, que era con cargo al Presupuesto, y ella está dispuesta a suicidarse con una sobredosis, le llevo la palomita de plata en prenda de amor, pero no se cree nada, estas histéricas que hablan siempre de suicidio, luego no se suicidan nunca, son una lata. Arburúa empieza a hacer negocios sucios que le pueden llevar a un Ministerio. Voy al café Gijón menos de lo que me gustaría, porque está lleno de rojos que me miran raro.

Saben que cuando hablo de la revolución no hablo de Marx, sino de José Antonio. Empiezo a meter algunas cosas en el *Arriba,* que es un periódico alegre, revuelto y macho, hecho entre loros, whisky, póquer y pistolas, como quizá ya he anotado en estas memorias, pero que luego sale a la calle pulcro, bello, muy bien hecho, terso de la prosa de D'Ors, barroco de la prosa de García Serrano, intelectual de la prosa de Ridruejo, que manda artículos desde Rusia. Sánchez Mazas está en el hotel Velázquez escribiendo artículos latinos, eruditos, hermosos y un poco coñazos. Es un elegante pájaro piparro al que visito de vez en cuando. Es un amarraco del falangismo que escucha mis razones joseantonianas, siempre defendido por su whisky, pero tampoco parece decidido a jugarse nada por su amigo José Antonio.

Sánchez Mazas tiene coloración de ave, perfil de judío apócrifo, desprecios de señorito rico, elegancias un poco agachadas, un judaísmo achapandado y apócrifo y una fascinación total de escritor sin obra. La victoria de Franco les ha enseñoritado a todos ellos. En potencia lo son todo: ministros, académicos, embajadores, grandes maestros. Con lo que no se molestan en ser nada y cumplen con cuatro articulitos para el *Arriba* o el *ABC.* Lo que me molesta en el fascismo joseantoniano de Sánchez Mazas es su catolicismo fanático, insistente, coñazo, que poco tiene que ver con su vida. «José Antonio también era católico», me dice, porque adivina mis reticencias. Yo creo que, en lo que tiene de romano de embajada, es más vaticanista que cristiano, pero eso él prefiere no aclararlo. Con semejante confusión mental, nunca va a hacer nada que lo valga, y de la revolución se ha retirado. Voy constatando, día a día, cómo los hombres en quienes yo creía, para *mi* revolución, se están instalando en el franquismo o al margen, pero confortablemente. De José Antonio sólo conservan una mejoría lírica. María Prisca se ha suicidado con una sobredosis, no sé si por mi amor o por la pérdida del ministro y del marquesado, todo junto, entre el *valet* marica, el chófer y yo tendremos que trasladar el cuerpo y enterrarla, qué pesadez, creo que vuelvo a empeñar, y para siempre, la paloma/salero, de plata maciza, que me regaló. Eugenio Montes y Mourlane-Michelena andan haciendo bohemia franquista por los cafés. Don Pedro Mourlane es una repetición de D'Ors en versión café con leche. Montes es ágil, perfilero, agudo, rápido, culto, inculto, falangista, follador, escapadizo, y sus libros sólo son recopilaciones de artículos (magistrales). Se trabaja la Historia y el Imperio con menos calado y más gracia que Sánchez Mazas. Tiene una cabeza de alfil de ajedrez y una prontitud de viajero de la Historia. Con quien más se junta es con Ruano.

El maestro d'Ors, papalicio y cínico, pontifical e irónico, inmensamente sabio, se nos aparece de vez en cuando a la tribu madrileña, dice unas palabras enigmáticas y vuelve a su retiro de la calle Sacramento. Es el maestro de todos, pero nadie le da nada. Es el más sociable y el más solitario, el más conversable (su palabra nemorosa) y el menos escuchado. Allá ellos. Lequerica es otro que empieza a hacer carrera. El *valet* y el chófer me llaman, por separado, para que acuda al piso de la muerta, o sea María Prisca. También despuntan Jesús Fueyo y Adolfo Muñoz Alonso. Aparicio me lo hace notar y les sigo. Fueyo es un Buda joven, alcohólico y antipático. Muñoz Alonso es como un seminarista maduro, como un cura de paisano, sabio, resentido y triste, quizás ensoberbecido de su buena presencia macho, pero más sofisticado que lúcido. Tiene una juventud cenicienta y una sabiduría confusa. Todos muy joseantonianos, pero todos muy instalados. Luis Escobar empieza a mariconear y hacer buen teatro. Todo se le perdona en nombre del buen gusto. Es como un Austria feo, mandibulón, encantador, frívolo y sabio, un poco Cocteau, un poco Pedrito de Répide. A Correa Veglison lo mandan a Barcelona para que mariconee allí con los flechas. En Madrid es demasiado escándalo. Parece que tenía una piscina donde se bañaban todos desnudos, él y los del Frente de Juventudes. Paulino Uzcudun me dicen que mata a hostias a los rojos que le mandan, y en esto ha acabado un peso pesado mundial.

Adriano del Valle es un gordo simpático que va de dionisíaco por la vida y por la poesía, pero ni España ni Franco ni nadie estamos para dionisíacos, de modo que queda un poco postizo con su cabeza romana, su alegría por nada y sus versos buenos e inútiles. Buero Vallejo y Miguel Hernández estaban en la cárcel condenados a muerte. Buero es un joven rojo aficionado a la pintura que le hace al poeta de Orihuela un retrato minucioso e implacable, esas cosas rigurosas que hacen los que no son artistas. Por Carabanchel no creo que vuelva, ahora que ha muerto María Prisca. El general Rojo, que vive en Ríos Rosas, 54, la casa de Ruano, Cela y Viola, ha cumplido condena y ahora le llama Franco algunas tardes, al Pardo, y pasan el tiempo discutiendo batallas de la guerra, desde posiciones contrarias, como si jugasen al ajedrez. Le hago una entrevista al general Rojo en el Pon/

Café, pero Aparicio me la censura entera. Azorín ha vuelto y hace un discurso sobre los pueblos regidos por hombres a caballo, a propósito de un retrato ecuestre de Franco por Vázquez Díaz, ese cubista de cartón piedra que también le ha hecho un retrato a Manolete, donde parece un maniquí vestido de torero. Azorín, el gran afrancesado, ha pedido volver de París porque no entiende el francés. Le hago una entrevista, que se publica con pompa. Azorín es corto de palabras porque es corto de ideas. Una especie de dandy sequizo, cruzado de chufero valenciano. Sus presupuestos literarios son apasionantes, pero la realización es penosa. El cadáver de María Prisca huele a puta lavada, a caballo malherido, a lavanda y a menstruación tardía de menopáusica. Baroja también ha vuelto, ya se ha dicho aquí, y se pasea por el Retiro temiendo ser atacado y follado por los fascistas, cuando es el padre involuntario del fascismo español. Juan Aparicio y yo vamos a llevarle el carnet honorífico de periodista y, al final del discurso de Aparicio pregunta, en su papel de cazurro vasco:

—¿Qué se debe?

A mí Baroja me parece un señorito de Neguri disfrazado de mendigo del metro, un folletinista sin el orden ni la precisión de los folletinistas, un viejo amarraco y piparro, que ha leído poco y piensa por su cuenta, pero poco y mal. El franquismo cuida a Azorín y Baroja porque son todo el 98 que tenemos, pero me parecen los peores del grupo. El cuerpo desnudo de María Prisca muerta es una escultura grande y maltrecha, una escayola o un barro blando, y huele a colonia podrida, a yegua enferma y a pantera vieja en plena ovulación.

Doce

A María Prisca, marquesa apócrifa de Arambol, le hicimos un entierro de tercera entre el *valet* marica, Fabián el chófer y yo. No había un duro en la casa y el empeñar o vender sus tesoros de arte, jarrones, porcelanas, dinastías Ming y estatuas de marfil, cosas talladas en un cuerno de elefante, nos hubiera llevado mucho tiempo. Los muertos no pueden esperar porque en seguida se ponen feos. A María Prisca, marquesa apócrifa de Arambol, la metimos en un nicho de urgencia con cuatro latines baratos del cura de oficio, en la Almudena. Nadie acudió a su entierro, ni los poetillas comunistas, ni el ex ministro ni sus relaciones y amistades personales. Así se mueren las grandes de la tierra.

De vuelta de la Almudena, nos metimos los tres en un tabernón de Ventas a comer gallinejas con vino violento y ronco de Valdepeñas. Al *valet* marica lo voy a colocar de ordenanza en sindicatos. Esperemos que no nos haga muchas mariconadas y haya que echarle a la puta rue, a buscarse la vida entre los suyos. A Fabián el chófer voy a ver si le saco una licencia de taxi, para que se vaya defendiendo.

–Era buena la señora.

–Y larga en las propinas.

–Era buena con nosotros.

–Conmigo también lo fue.

Con esta frase estaba admitiendo yo que no era

sino un fámulo como ellos: uno atendía la cocina, otro el coche y yo la cama.

–Era buena la señora.

–Y muy humana con nosotros.

–Nunca debió hacer una cosa así.

–La tenían ya muy agobiada.

–Y muy larga en las propinas.

–Uno hizo lo que pudo por consolarla.

–Usted ha estado muy bien, señorito.

–Uno hizo lo que pudo, ya digo.

–Otra igual no encontraremos.

–No van quedando señoras.

–La esperaba la tristeza.

–Pero matarse es lo último.

–Eso, y usted que lo diga.

Abril nace con lluvias y soles, con fiestas de agua y plazoletas de luz. En el cementerio olía a un abril inédito, glorioso, joven, perfumado, violento y bisexual. Hay que ver la fuerza que les entra a los muertos con la primavera.

–La tenían ya muy agobiada.

–El señor ministro no sabía lo que tenía.

–Ni los hombres que la amaron.

–Siempre generosa con los hombres.

–Siempre buena con los criados.

–Siempre santa con sus hijos.

El tabernón de Ventas es sombrío y suculento, poblado de jamón de jabalí, pimientos rellenos, cosas a la vasca y bocadillos de pez espada. Hacia la puerta hay un charco de sol que pisan casi con estruendo los que entran. Comemos un poco de todo y se da por supuesto que yo invito.

–Ha sido un entierro un poco solitario, pero hermoso.

–Bueno, tampoco hemos invitado a nadie.

164

—Mejor así. La señora era nuestra.

Pienso que la señora era *mía*, pero no lo digo.

—Tenía que haberse cuidado más ¿no cree, don Mariano?

—Las marquesas son de poco cuidarse.

—¿Realmente era marquesa? Y perdone la pregunta.

—Era marquesa natural de la vida, mucho más que otras que ostentan el título.

—Y lo bien que habla el señorito. Y se ve por los papeles.

El tabernón está lleno de albañiles, poceros y mendigos que acuden a la caridad de un vaso de vino (la mendicidad es siempre más sedienta que hambrienta). El tabernón huele a ajo frito, hombre sudado, pobreza recalentada, mediodía pacífico y mujer sin lavar.

—Pues a ver si salen esos empleos, don Mariano.

—Espero que sí.

—La señora marquesa nos deja huérfanos.

—La Falange no deja huérfano a nadie.

—Ya sabemos que es usted un falangista de pro.

—Y con agarraderas.

—Nada de agarraderas. Yo no me agarro a nadie. Sólo ayudo a quien lo merece.

—Señor Armijo, ¿le parece que vengamos algunos domingos a traer flores a la señora?

—Ustedes me avisan y nos ponemos de acuerdo.

Pero sé que no tienen dónde avisarme, gracias a Dios. Acabo de cambiar de sitio. Pago la cuenta y volvemos a Madrid en el tranvía de Ventas, alegre, reventón, amarillo y torete, como deseando salirse del carril para explorar otras geografías. La gente del tranvía huele a viaje largo y racionamiento. En Manuel Becerra me despido de mis amigos y salto a la calle para coger un taxi. Todavía tengo las manos sucias de la tierra del cementerio, que no huele a muerto, sino a primavera y casi a playa, esa playa enorme que es la Almudena, llena de gente al sol desde hace siglos.

Levantemos, frente a la poesía que destruye, la poesía que promete, dijo José Antonio. Prieto no le ha dejado a Madrid más que cadáveres y ruinas. Prieto tenía bocio, la República tenía bocio, Azaña tenía bocio. Lo que no tenía la República es corazón. Le hago una entrevista al peruano Felipe Sassone (otro imitador de d'Ors), un hispanoamericano de capa y monóculo, y me dice: «Yo nunca intercambio ideas porque pierdo.» Hemos ejecutado a Besteiro, que era un socialista con botines de piqué. Él y su mujer se incautaron de un palacete de la Castellana para dar sus clases por la mañana y sus fiestas por la noche. Veo los palacios abandonados de Almagro. Habría que levantar en ellos, respetando su estructura europea y noble, el espíritu de la revolución falangista, una nueva aristocracia en lugar de la que los abandonó. En la represión de Madrid solemos cargarnos unos 507 por noche, aunque ya digo que a mí me va más la delación, la muerte por la palabra, que la acción directa. Estoy fascinado con el descubrimiento del poder letal de la palabra. Juan Aparicio me recuerda a José Antonio en Bakanik, me habla de él, me lo evoca, y siento que sin él no vamos a hacer nada, no vamos a ser nada. A nuestros fusilados los llaman los médicos «defunción por hemorragia». Lo que me gusta de la medicina es que tiene palabras para todo. Palacios de Infanta Isabel, Baviera, Alba, Osuna, Pardo Bazán, un Madrid desamueblado y espectral que sólo se ilustra con los tiros nocturnos en Ferraz. Me doy el tiro del panecillo (dispararse en un hombro a través de un pan) para que no me obliguen al trabajo sucio de las sacas nocturnas. Por las noches prefiero ir a Chicote, ahora ya sin Prisca. Me huelo las manos y me siguen oliendo a marzo salvaje, a la tierra del cementerio, como si a María Prisca la hubiese matado yo y no pudiera quitarme el olor ni con todos sus jabones carísimos. Resulta que el piso está disponible y el más llamado a habitarlo soy yo. Como vivo en Ventas, lo utilizaré como picadero, echaré algunos polvos a la memoria gloriosa y grandiosa de María Prisca. He vuelto a empeñar la palomita en Postas. Mil quinientas de vellón. Se ve que al viejo judío le interesa la pieza. Está a 80 pesetas el kilo de burro y a 300 la docena de huevos. Ahora echo de menos la cesta campesina que nos traía Pedro Damián a Escola y a mí. El hambre nos ronda, en Madrid, incluso a quienes comemos todos los días. Por las mañanas, en un barecito de Ventas, desayuno el aguardiente de la casa, hecho con agua de Lozoya y cáscara de naranja. Está bueno y da ánimos. La naranja es un cítrico que levanta el corazón. Palacio de Monforte, en la Castellana, donde le sugiero a Juan Aparicio que nos traslademos, pero lo piensa. El teatro Infanta Beatriz, en el barrio de Salamanca, se ha convertido en un tribunal de orden público donde se condena a muerte a quince o veinte todas las mañanas. Pero el tribunal de Fomento sigue siendo el que mejor funciona para depurar magistrados azañistas y escritores de Largo Caballero. Hay otro tribunal en la Fundación Caldeiro, de Alcalá. Y el de Fuencarral, 112, que es el más orientado. Los ponentes de su propia muerte van a parar a la carretera de Chamartín y la Ciudad Universitaria, y la verdad es que mueren sin gracia ni estilo, sin enjundia ni maneras, sin elegancia ni componer la figura, de cualquier manera. A los cadáveres de Vallecas, como son obreros, no se les pide tanto.

Perpetuo ha cumplido condena, ha salido de la cárcel, sabe lo de la niña Juana y me busca por todo Madrid con la chaira en la mano. Escribo reportaje sobre la otra orilla del Manzanares, un chabolismo que afea la estética franquista y acoge a muchos enemigos del régimen, proletarios comunistas que han sobrevivido. Juan Aparicio lo difunde muy bien por provincias, pero Perpetuo no aparece.

—Tu amigo Perpetuo nos va a dar disgustos, Mariano.

—Es un loco galaico, un rojo emboscado, y hay que acabar con él.

—¿Quieres que te ponga una escolta, Mariano?

—¿Una escolta?

—Perpetuo va a matarte por lo de la niña. La has prostituido.

—¿Yo? Iban todos los jerarcas del régimen y a ésos es a los que tendría que acuchillar el Perpetuo.

—Todos, menos yo, que no fui nunca.

—Pero conocías la cosa.

—Naturalmente. Yo lo conozco todo.

—Y el becerro culpable voy a ser yo.

—Eso es lo que quiero evitar.

—Tengo una Star y puedo acabar con Perpetuo en un momento.

—Evita la violencia siempre que puedas.

El manso cinismo de Juan Aparicio me da este consejo cuando vivimos rodeados de violencia, cuando la marea de la represión crece hasta un estragamiento de sangre. Pienso que con Perpetuo tendré que entenderme yo solo, cara a cara, y lo que lamento es que haya ido a ver a su niña Juana y le haya contado toda la verdad.

El tribunal de la calle de la Ese también funciona con eficacia y procedimiento. Los señoritos falangistas de los coches volantes ahora fusilan en las tapias del Retiro y en los pinares de Chamartín. Los porteros, que antes denunciaron a los notarios y los académicos, poniéndose de parte de los rojos, ahora denuncian a los rojos, los intelectuales y los periodistas, poniéndose de parte de los falangistas. Algunos porteros hasta llevan camisa azul. Estas guerras civiles las ganan siempre los porteros. El río Jarama también lleva muertos. Por la calle de Torrijos hay mercadillos del estraperlo donde se cambia una lámpara de tresillo por un kilo de café. Algunos aristócratas han cedido patrióticamente sus fincas para campos de concentración. Como Usera se pasó en seguida a Franco, es un barrio muy próspero adonde a veces voy a buscar novia. En el Café Roma, de Serrano, que los rojos llamaron «La Tranquilidad», tienen una tertulia los de la Escuela Romana del Pirineo, o sea Montes, Mourlane, Sánchez Mazas, Pemán y algún otro. Se me admite como oyente, presentado por Juan Aparicio. Hablan más de toros que de política. Sánchez Mazas sólo habla de trirremes. Más arriba, o sea más abajo, en el Lyón de Alcalá, tiene una tertulia don José María de Cossío, que es como una inmensa rana bizca de sonrisa verde y manos marimierda, o sea un poco toconas con los hombres. Van también Díaz-Cañabate y el torero Domingo Ortega. 226 tribunales me parece que funcionan en este momento en Madrid. En uno de ellos, con cuartos de tortura incorporados, me invitan a meter la mano en un fardelillo que debe contener percebes o mejillones. Saco un puñado de ojos humanos.

En Ventas no descubro tantos comunistas como yo esperaba. El bajo pueblo está despolitizado, después de la guerra, y lo único que quiere es comer, jugar un poco al mus y tomar la fresca cuando el sol de la tarde es como un ensalmo sobre los desmontes y las chabolas. De modo que decido quedarme en el fastuoso piso de María Prisca, que de alguna manera he heredado. Una herencia sin papeles. Sé que el loco de Perpetuo anda buscándome por Madrid con la chaira en la mano y este piso de María Prisca tiene un policía de guardia permanente en el portal. El policía se lo había puesto Sancho Galia a su amor. A la muerte de ella, quitaron el coche oficial, el chófer y hasta el *valet* marica, pero nadie se ha acordado del policía, y ahí sigue. Son inercias ministeriales. Le doy instrucciones muy concretas para que no deje entrar en el ascensor a determinados tipos, y centro mi descripción en Perpetuo. María Prisca tenía una amiga en esta casa, doña Hermenegilda, viuda de un general de Saliquet, muerto gloriosamente en Teruel. Doña Hermenegilda es una vasca alta y rubia, más bien pelirroja. Ha debido tener un gran cuerpo. Ahora andará por los sesenta muy bien llevados, con erguimiento y genio. Doña Hermenegilda gasta chapiri y velito, que queda muy sugestivo sobre su pelo rojo y sus ojos verdes, claros, pequeños e intencionados. Siempre supe que, en cuanto me iba yo de la casa, doña Hermenegilda bajaba a ver a María Prisca y celestinearla un poco. Jugaban a las cartas y hablaban de hombres. Parece que doña Hermenegilda no le había sido exhaustivamente fiel a su heroico general. Pese a las cruces y la gloria de este general, la pensión que le había dejado era más bien escasa, de modo que doña Hermenegilda cogía huéspedes, sólo uno y sólo hombres, en su espacioso y rico piso, por ayudarse un poco, y pienso que también por entablar una última relación con macho, en su alegría menopáusica. La casa, en efecto, era deslumbrante, por los muebles, las vitrinas con objetos brillantes y los uniformes del muerto, colgados a la vista de las visitas con todas sus condecoraciones, lazos, fajines, cruces y alamares de guerra. Pero la verdad es que doña Hermenegilda (que jugaba fuerte en misteriosas chirlatas y bebía alcoholes dulces y caros) no tenía un duro. Y estoy hablando de ella en pretérito porque la asesinaron anoche. Las chicas del frontón siguen follando por dinero. En la tertulia del Café Roma se habla esta tarde de cómo tomó Yagüe Badajoz. La guerra ha sustituido a los toros como tema de conversación (la guerra, no la política). Guerra civil y toros casi son la misma cosa. A veces me reúno con el *valet* marica y con Fabián, el chófer, en algún tabernón de Cuatro Caminos, para comer gallinejas y beber vino de Arganda. A los dos los he colocado de ordenanzas y me sirven de soplones. Son los soplones del soplón. Ya no se habla de «clases laboriosas», como cuando los rojos, sino de productores, que es la palabra de Franco. Lo que cuentan los de la tertulia es que Yagüe, en la plaza de toros de Badajoz, ante un público de oficiales, falangistas, curas, monjas, frailes, etc., hizo una ejecución masiva de braceros y campesinos, a base de ametralladoras. Parece que estuvo bien. Por las pensiones de la Gran Vía andan los primeros alemanes huidos de lo que se llama ya la derrota de Hitler (pero no en la Prensa). Son artistas de cabaret y buscan trabajo en Madrid.

Trece

CARRETERA DE SAN ISIDRO, mataderos, cuarteles y gitanos, basureros, orilla derecha del Manzanares. Por ahí anda cruzando Perpetuo, el Perpetuo, por ahí duerme y vigila, me busca, con la chaira en la mano como una llama de plata que el viento negro de Madrid no apaga.

Me dice Juan Aparicio que andamos por los trescientos muertos diarios. Es una buena proporción. El tribunal de Génova está en cabeza últimamente. Doña Hermenegilda había alojado hace poco a un moro expulsado misteriosamente de la escolta de Su Excelencia. Doña Hermenegilda no le tenía miedo a nada e incluso, quizá, esperaba disfrutar los largos favores de ingle que se atribuyen a esas razas. El moro ha desaparecido como del rayo y los periódicos tardan mucho en dar este crimen, y lo dan mal, breve y escondido, sin duda porque el moro está implicado, siquiera como sospechoso, y es un hombre que sirvió al Generalísimo. El policía de la puerta me da detalles de un hombre que ha rondado la casa. La descripción coincide con la de Perpetuo. Se lo digo a Juan Aparicio y denunciamos a Perpetuo como muy posible asesino de doña Hermenegilda. A algunos rojos que se niegan a confesar se les liman los tobillos. Asisto a algunos fusilamientos por la Casa de Campo y Maudes, en noches sin sueño. Abril canta en Madrid con esa pujanza y violencia de sangre que trae siempre la muerte purificadora.

Hastas las blancas flores de los ciruelos se tiñen de un rosa vináceo que es sangre. A doña Hermenegilda la encontraron estrangulada debajo de un colchón, y toda la casa revuelta y destrozada. Sin duda, el móvil ha sido el robo.

Las cucarachas de la cocina (tenía muchas) son las únicas que lo vieron todo. El móvil, sí, ha sido el robo, pero el ladrón no encontró más que calderilla, y en su desesperación decidió destrozar la casa. Doña Hermenegilda, gran señora, gran viuda, gran celestina, gran puta, ya se ha dicho que no tenía un duro. Fumaba puritos y lo perdía todo al naipe.

Aparicio me confía que, según los informes secretos, España es de derechas en un setenta por ciento. «Hay que acabar con ese treinta.» Yo acabaría con todo, porque la España de José Antonio no iba a ser de derechas ni de izquierdas. Incluso queda todavía algún masón Gran Arco grado 13. Ahora se fusila en la Dehesa de la Villa. Con el *valet* marica y el chófer, frecuento los sindicatos verticales de Cuatro Caminos. El tribunal instalado en el lugar donde estuvo la primera imprenta del Quijote, Atocha, está funcionando de manera que no hay queja. Muertos en la carretera de Murcia. Los muertos son una buena cimentación para la Nueva España, que yo quisiera mucho más nueva. Por las fábricas de pañuelos de Argüelles veo unas operarias muy aparentes, jóvenes, saltarinas y como ajenas a una guerra que sólo han vivido de niñas. Ahora que se me han muerto las novias tendré que buscarme algo. No es cierto, como dice la Prensa extranjera, que se viole a las mujeres sentenciadas a muerte. Se las viola después de muertas, en el depósito, como hiciera yo mismo con aquella hermosa rubia, delicada como un Leonardo, según se ha contado aquí. A Escola la respeté, de recién muerta, porque estaba Pedro Damián delante, venga de llorar.

Y las ayudantas de los lavaderos del Manzanares. Veo mujeres deseables y gentiles por todas partes, mayormente entre el pueblo. Las mujeres no parecen salidas de una guerra, salvo las muy viejas. Qué capacidad de autorregeneración tiene la mujer después de una guerra, de un parto, de una paliza del marido. Ellos, en cambio, los hombres, llevan todos un aire de milicianos rotos, de perdedores natos, de huevones que han perdido la idea de su propia vida, de su propia persona. Con esta argamasa humana no sé qué país vamos a hacer. Los tenderos de Arenal y sus viudas, que lo son ya en vida de ellos, venden más velas y cirios y estampas que nunca. Sus tiendas se han enriquecido con lo robado por los rojos en las iglesias de toda España. La gente compra mucha religión. Contra lo que dijera Azaña, el país es más católico que nunca. Hay un perpetuo olor a Semana Santa, a novenario de mujeres sin lavar, a funeral de latón y latín, que me empalaga, me asquea, me lleva casi al asesinato. Cuánto más saludable el paganismo de Hitler, aunque ahora empieza a decirse, ya lo he contado aquí, que las cosas no le van tan bien como esperaba. A ver si va a tener razón Franco en su neutralidad. Franco se apuntará al que gane. Es un gallego cuco, un judío amarraco y un cobarde con suerte e instinto. A Perpetuo ya lo han cogido, cuando salía de ver a la niña Juana, y está sentenciado para fusilamiento. Espero que no le haya contado demasiadas cosas a su hija. En cuanto muera, me voy a ver a niña Juana, le llevo muñecas y chocolate. Estoy febril por cogerle las manecitas de delicada esquelatura, por acariciarle las mejillas de flor muerta a la niña más guapa y más desgraciada del mundo.

Juana está en uno de esos centros de Auxilio Social donde son acogidos y reeducados los hijos de los fusilados. Falangistas de paisano andan por ahí gritando «Gibraltar español». A mí el grito no me parece mal, pero sé que es una invención de Franco. Se trata de tener a la juventud entretenida y peleona, de darnos una «causa» a los falangistas. Mera distracción. Arrese empieza a parecerse incluso físicamente a Franco. Serrano Suñer ha sido desplazado por este hombre mediocre y suasorio, lo que le tiene en una llaga. Son cosas que se dicen por Alcalá, 44. Por primera vez en su vida, Franco «se mete en política» e intenta una reconciliación entre Alemania e Inglaterra, «frente al peligro comunista». No es sino una operación hábil y galaica para echarle una mano a Hitler, como me explica Aparicio. Naturalmente, la cosa no funciona. Quizás es demasiado tarde. Dionisio Ridruejo ha vuelto de Rusia y anda por los cafés escribiendo papeles y papeletas y sonetos para regenerar el franquismo y la Falange. Voy a verle al Comercial. Le encuentro comido por la guerra, la tuberculosis y el whisky. Es un Ridruejo tostado por los soles de la guerra, usado por las usuras del hambre y la enfermedad, con los ojos brillantes, el perfil alucinado y un oreo angélico, saludable y fugaz que le ha dado la tundra. En seguida deja la escritura para ponerse a hablar, cosa que le gusta mucho más. Su discurso es brillante, perfecto, geométrico, como siempre (pero no circular, sino más bien un poliedro). Admiro este discurso literariamente y saco la consecuencia de que Dionisio Ridruejo se está pasando a la democracia cristiana. Otro que olvida ya a José Antonio.

Me voy del café decepcionado. Las ciento cincuenta grandes cárceles de España siguen llenas de presos políticos. ¿Por qué se alimenta a toda esa gente y no se la liquida? A mí me parecen irrecuperables. Estamos matando gente ingenua que anda por la calle, pura grisalla humana, y los asesinos peligrosos siguen en la cárcel comiendo del Estado. Banús, constructor del Valle de los Caídos, recluta de entre estos presos a sus obreros, pero lo hace de una manera rara: mirándoles la dentadura, como si fueran caballos. Se conoce que a Banús le molesta el mal aliento de los esclavos. Banús, he ahí el franquista puro, el nuevo rico de Franco, el tipo que hubiera fulminado José Antonio en el acto. La niña Juana y yo estamos en el cementerio del Este, delante de una humilde tumba, un montón de arena con breve lápida rota que pone Perpetuo Trigueiros, descanse en paz. La niña Juana y yo rezamos a Perpetuo Trigueiros, o sea su padre. La niña Juana, que las señoritas de Auxilio Social han vestido con puntillitas y lazo de cretona, enorme, me llega ya casi por el hombro. Reza como una mujer adulta. Se arrodilla y deja unos crisantemos a su padre. Los crisantemos los hemos comprado a la puerta del cementerio. Ahora, Juana reza arrodillada y, desde arriba, le veo, a través del fino velo oscuro, el gran lazo, como una mariposa prisionera, amortajada, y la melena rubia, brillante, sutilísima. La lápida la he encargado yo urgentemente y la he mandado colocar encima de cualquier tumba anónima. Qué más da. A la niña Juana la hago feliz (las mujeres son felices llorando, desde niñas) al traerla delante de su padre muerto, para que suelte sus oraciones y sus lágrimas. Vendremos a ver a papá todas las semanas. Bueno. De la mujer del Perpetuo nunca más se supo. Juana, inclinada sobre la tierra de la tumba anónima, hace crucecitas con su dedo índice, un dedo de infantita pobre, y luego escribe el nombre de su padre. A Papá Perpetuo, con mi amor, Juana. Abril es un bochorno de flores, luz, nubes, perfumes, pájaros que cantan en lo alto de la sangre de los muertos y abejas colmeneras de cementerio que se posan un momento, doradas como broches, en el velo negro de la niña.

—Anda, Juana, amor, vámonos, que es tarde.

Parece que Perpetuo nunca le contó nada de mí a la niña. Es natural. Ella no podía comprenderlo. Perpetuo ya está fusilado, a lo mejor muy lejos de aquí, pero este otro de ahí abajo también sirve para padre. A Juana la saco de Auxilio Social una vez a la semana, los domingos. Lo primero visitamos la tumba de Perpetuo Trigueiros y luego le compro un polo, la llevo a las verbenas, a las romerías, al cine, a los caballitos, a sitios divertidos. Al fin Juana está a mi merced (en Auxilio Social saben que fui buen amigo de su padre y que la niña no tiene a nadie). Un domingo entero con la niña/mujer da para mucho. La sobo, la toco, le cojo las manos, me revuelve el pelo, nos rozamos todo el rato, se me aprieta en las películas de miedo, la llevo en brazos por la Casa de Campo, cuando está cansada. La amo.

—Anda, niña, vamos que te estás manchando.

—¿Y papá Perpetuo se acuerda de mí?

—Pues claro.

José Antonio Girón (luego de Girón y Velasco) es un demagogo que denuncia ante el pueblo a los estraperlistas, como si los estraperlistas fueran una galaxia misteriosa que nos ataca y confunde. Él conoce los nombres, los resortes, los mecanismos, las personas, los culpables, pero no hace nada por acabar con el estraperlo, sino que lo utiliza políticamente para satanizar a una clase difusa, para darle al pueblo un enemigo (el pueblo, que es niño, necesita un enemigo como el niño necesita un pecado, para tener identidad): mientras vocean contra Gibraltar o el estraperlo, se identifican con Girón y se olvidan de sus muertos recientes, calientes. Girón es un joseantoniano falso de Valladolid con una retórica de luceros verdes y una leyenda del Alto del León, donde paró al enemigo. José Antonio de Girón y Velasco es remoreno, cenceño, lírico y violento, con una gracia despótica entre las cejas y el bigote negrísimos, ese despotismo de los hombres chatos, esa cosa robusta y prematura de los grandes gordos históricos que morirán de gota o de cuchillada. Este hombre me parece que va para ministro.

Madrid se está llenando de paletos. Los campesinos abandonan la tierra muerta, la tierra sin pan, la tierra que hemos fecundado de sangre para algo, y en la que ahora no florece nada, porque la muerte, en José Antonio, es una muerte fecunda, una muerte que tiene su primavera, como la vida, pero la muerte de Franco es una muerte militar y estéril, porque a nuestro general le faltan ideas, imaginación, poesía, y a los pueblos no los mueven más que los poetas.

Madrid se está llenando de paletos. Ya lo comprobé en Ventas y Vallecas. Son labriegos descerebrados que han pasado por una guerra civil como por un terremoto. Un terremoto no admite hipótesis políticas, y una guerra civil, para ellos, tampoco. Les han fusilado el campo, el minifundio de la abuela, y lo que hay fuera del minifundio, o sea el mundo, no les interesa, no les parece mundo, no les dice nada. Nieves Conde hace una película sobre esto que se llama *Surcos*, y que gusta mucho, pero que se desvía excesivamente hacia lo policíaco (de ahí el éxito comercial), dejando desvirtuado el mensaje.

Veo un Madrid de pana y cesta al brazo, veo un Madrid periférico de chabola, cuatro gallinas y un amago tímido y poético de aldea. Sólo saben hacer una cosa y quieren volver a levantar su pueblo en siete metros cuadrados de Vallecas. La guerra ha sido una negra otoñada para los campos de España, y aquí es donde se echa de menos la imaginación de José Antonio. Ni Franco ni Girón, con sus luceros verdes, hacen nada por mejorar la situación, salvo el grito de «Arriba el campo», que no se sabe bien lo que quiere decir.

El Servicio Nacional del Trigo. Un nido carísimo de burócratas cuando lo que no hay es trigo. Las espigas hubieran florecido al solo paso de José Antonio. Ruiz Jiménez, de quien ya he hablado en estas memorias, me parece, está proporcionándole a Franco la mínima coartada intelectual que antes le proporcionara Ridruejo, el socarrado Ridruejo. Ruiz Jiménez, alto y de espalda abrumada y abrumadora, es, más que un camello humano, una enorme y estúpida camella que camellea entre el Generalísimo y los estudiantes, entre la Virgen de Lourdes y los pobres, entre el padre Llanos y Dios Padre.

Camella sin camellero, camella perdida entre las dunas cambiantes del sistema, es otro al que veo para ministro, como a Girón, pero por otros caminos. Girón hace de José Antonio vicario y vendido. Ruiz Jiménez hace de demócrata cristiano, vendido asimismo al nacionalcatolicismo que saca a Franco bajo palio. Habría que matar a alguien, pero no sé a quién, salvo esos ingenuos abogados, esos indefensos poblanos que matamos todas las noches. Iturmendi, monárquico carlista, también va para ministro. Me parece que empiezo a entender el juego de Su Excelencia. Como todos conspiran contra él, él se va ganando a todos y eso que llama el Movimiento no es sino una aleación de carlistas, falangistas, legionarios, liberales de derechas, monárquicos de Don Juan, empresarios como Banús y Barreiros, más el celestineo de Perico Chicote.

Muñoz Grandes, a la vuelta de la penosa aventura de la División Azul, que le ha costado la salud a Ridruejo, es nombrado ministro del Ejército. Tiene la confianza de Hitler, lo malo es que Hitler ya no va teniendo la confianza de nadie, ni siquiera de los suyos. Franco se respalda sobre un amplio abanico de tendencias y personalidades. Se lo digo a Juan Aparicio en nuestras mañanas de literatura y conversación:

—Estamos volviendo a fusilar a José Antonio entre todos.

—José Antonio es inmortal y volverá por otros caminos. Tú es que eres un romántico urgente. Ten paciencia.

Y Aparicio se pone en la boca su largo puro apagado.

Catorce

LOS VIEJOS Y LOS PARADOS le ponen cenefas de sombra y cansancio a Madrid, sentados en la Plaza Mayor, en los parques y las plazas vecinales. Los toreros saludan a Franco con saludo romano. Franco tiene tres uniformes: uno de general, otro de falangista y otro que es Fernández Cuesta.

Franco lleva a su lado a Fernández Cuesta como una percha humana para vestir el uniforme de la Falange. La estirpe de Raimundo le sirve para alentar en las populosidades falangistas una esperanza, larga y tibia, de que esto no ha muerto. Cuando eligió a Fernández Cuesta para secretario general del Movimiento, su cuñado Serrano Suñer se lo dijo:

—Pero has elegido al más tonto.

—Por eso.

El país, quizá ya lo he dicho aquí, huele a Semana Santa y las sacristías invaden la calle. Hay un réquiem anual por los reyes de España, pero Franco no piensa traer la monarquía ni la revolución falangista. Franco sólo es franquista y el franquismo es una teoría de la mediocridad como orden natural de las cosas. Doscientas mil toneladas de cemento armado en el Valle de los Caídos. Franco proclama: «Nuestra guerra fue una Cruzada.» Sigo viviendo en el piso de María Prisca. En el bar de abajo, una mañana, desayunando, me encuentro en la barra al moro que fuera de la escolta de Franco. Eso de que

187

el criminal vuelve siempre al lugar del crimen.

—Vete de aquí, moro de mierda.

Me he puesto a su lado en la barra y le hablo de perfil.

El moro, con ropa de mendigo, toma té con anís y no contesta.

—Por tu culpa mataron a otro, moro cabrón.

Fuma y bebe despacio, pero advierto que está asustado.

—¿A qué has vuelto por aquí? Voy a hacer que te fusilen.

El moro me mira un momento con unos ojos que tienen en la mirada todo el espanto de África. Luego paga su consumición con una calderilla sucia que brilla como plata y oro en sus manos oscuras.

—Dinero del que robaste a doña Hermenegilda, moro hijo de puta.

Se da la vuelta y se va. No puedo hacer nada contra él. Como asesino de doña Hermenegilda ya consta Perpetuo Trigueiros. ¿En nombre de qué voy a condenar a este moro? Si le diese por hablar, sería peor. Sé que ha desaparecido para siempre. Quizá, sólo le ha traído aquí esa fascinación tópica, pero real, del asesino por el escenario de su hazaña.

Desayuno de pie en la barra, como todos los días, antes de ir al despacho de Juan Aparicio, mi whisky con frutos secos y salados. Una dieta sana, pienso. No lo puedo evitar, los moros me dan asco, y los negros y los judíos y los indios y los gitanos y todas las razas oscuras. Arrastran consigo como una mugre bíblica. En esto me entiendo perfectamente con Hitler (y en otras cosas). Amo en la niña Juana la Castilla goda, la Galicia celta, las razas rubias, claras, limpias y esbeltas. Está claro que el porvenir del mundo se juega entre arios y judíos. Hitler lo ha visto genialmente.

Marx era un judío que quiso enmascarar esto con la economía. El problema no está entre ricos y pobres, sino entre razas y razas. Las razas son el fundamento natural del mundo, y no el dinero, esa abstracción. Hay que corregir la Creación y limpiar la tierra de pueblos sucios, oscuros, perezosos, supersticiosos y lascivos. Ahora dicen que Hitler va peor, pero antes o después se impondrá la razón blanca y el ideal rubio del mundo. Yo soy rubio vasco de ascendencia, quizás un poco godo rubio castellano, y eso me gusta. No me follaría jamás a una negra. Hay quienes tienen terror a las mujeres, que son tan inofensivas e inferiores. Yo sólo tengo asco a las negras, a las moras, a las judías. Comprendo de pronto, ayudado por el whisky, que todo mi amor por la niña Juana es el amor a una promesa de mujer rubia y crecida, celta y limpia.

Por eso no hay derecho a que Franco tenga una guardia mora. Su africanismo le pierde. ¿Cómo va a ser amigo de Hitler un hombre que se rodea de negros? Él mismo es judío perdido. Amo la varonía de José Antonio. Pienso que todos los moros de la guardia de Franco son unos asesinos como el que mató a doña Hermenegilda. Un día acabarán matando a Franco, si no los despide pronto. Esta guerra mundial se ha montado como cruzada definitiva contra las razas que deben desaparecer del planeta. Ya digo que hay que rectificar la Creación.

Veamos. Franco tiene el Ejército. Les paga mal, pero les abruma de gloria. Les ha hecho creer que ellos son, no ya los defensores de la Patria, sino la Patria misma. De herramienta, se han convertido en Ente. Todas estas cosas son las que yo escribiría para Juan Aparicio, pero no me atrevo ni a hablar con él del tema. Estamos en una dictadura militar y eso es todo. Como las de Sudamérica. Franco es útil porque está limpiando los fondos a España, como él dice. Pero sobre esta España nueva habría que hacer la revolución de José Antonio, justicia y poesía. Los falangistas nos hemos quedado como el folklore del sistema. Un folklore que molesta bastante a Franco, por cierto. Somos folklore y burocracia. Nada más. Cada vez que voy a Alcalá, 44 o al *Arriba* salgo muy triste. Estos tipos son unos cachondos que prefieren creer en que la revolución está en marcha. Yo soy más lúcido. La revolución murió el día en que fusilaron a José Antonio en Alicante. Pago y me voy. Por si fuera poco, Franco empieza a coquetear con don Juan de Borbón. Es un nuevo rico a quien en el fondo le halaga recibir al rey.

¿Es pensable una España monárquica después de la guerra mundial? Hitler no lo toleraría. Y si ganan las democracias anglosajonas, tampoco. ¿A qué juega Franco, entonces? Ya digo, es un nuevo rico del poder a quien en el fondo le gusta mucho que el rey le escriba cartas y le pida favores. Se casó con doña Carmen creyendo que era una princesa de Covadonga, no te jode. José Antonio era marqués y nunca utilizó el título.

Yo soy el primer vendido, o el último. Me engaño a veces, creyendo que, poco a poco, algo se hace. Pero el whisky me da lucidez y llego a la redacción de Juan Aparicio como un toro. Luego, durante la mañana, su placidez papalicia y cínica me va encalmando. Acabo escribiendo lo que él quiere. Pienso en mi pistola Star, en el suicidio, como única salida. Pero ¿qué sería, sin mí, de la niña Juana?

Todo un domingo completo, con Juana, consiste en irla a buscar temprano a Auxilio Social (Santa Catalina, traseras del Ateneo), e ir con ella a misa a San José, en Alcalá. La niña Juana, en misa, se vuelve adulta bajo su velo prestado, consulta mucho el devocionario que lleva en las manos, sus adorables manos delgadas y mínimas, de una palidez mate. Yo le he dado agua bendita en la pila, a la entrada, como a una dama, pues sé y veo que todo lo que está haciendo, más que una ceremonia religiosa, es un aprendizaje de la madurez.

Juana no es una beata. Juana, mi niña, es una mujer que está aprendiendo a serlo en la misa, en la calle, en los juegos, en su convivencia semanal conmigo. Los niños entienden el juego como un aprendizaje de la hombría. En sus juegos no se aíslan, sino que nos imitan. A la salida de misa, Juana se quita el velo con un ademán ya de mujer, perfectamente maduro y deseable. Luego vamos a la verbena que esté en marcha, en Madrid siempre hay alguna, incluso en invierno. Abril se enciende en verde por los pinabetos del Retiro y distribuye galas nupciales, blancas, entre sus prados. La naturaleza se está casando con alguien. La verbena, por la mañana, está dormida, perezosa, aburrida. Juana tiene una amistad dominical con el oso de la Casa de Fieras, en el Retiro, con el mono y el elefante. El elefante se llama Perico, está viejo y cansado, y acepta la amistad de la niña como un don que le llega tarde. Juana, con su melena rubia, su gran lazo, su abriguito corto, su falda plisada, sus piernas finas y fuertes, sus calcetines blancos y sus zapatos negros de charol y pulsera, es algo que amo absolutamente, urgentemente, aunque no pienso someter a la niña a ninguna urgencia.

Tras su conversación dominical con Perico el elefante, que es ya como un tío suyo, Juana me lleva de la mano hacia un aguaducho del Retiro donde nos dan gambas a la plancha, gambas al ajillo, mejillones y todas esas comidas azarosas y equívocas que a Juana le gusta tomar. Yo bebo cerveza y ella refrescos de limón o naranja.

A la tarde, a primera hora, la meto en un cine de terror, que es lo que le gusta, pero en seguida se me duerme encima, haciendo la digestión de sus porquerías, y yo, con los ojos cerrados, ajeno a la pantalla, disfruto de este peso cálido, leve, infantil y femenino de la niña.

Como se ha dormido durante la película, luego me pide que se la cuente. Yo tampoco la he visto, pero improviso una historia de vampiros y niñas succionadas que a Juana le apasiona mucho. Imposible saber si toda la mitología sexual de estas historias de terror, vistas o inventadas, conmueven a mi niña. En todo caso, para mí está muy claro que el terror es vecino de celda del sexo, y jamás sabré hasta qué punto los estremecimientos de Juana entre mis brazos son terroríficos o enamorados.

Otra vez en la verbena, por la tarde, cuando San Antonio o San Isidro tienen ya sabor, calor y color de tales, Juana monta en los caballitos, a lo chico, en un caballo blanco que es su favorito, y yo monto en un caballo negro, que está al lado, hacia adentro.

Observo a la niña como tierna amazona, la veo de reojo como si ella hubiera nacido para viajar a caballo, en este modesto hipismo de los caballitos. Qué alazanes de raza y sangre galopa Juana en un caballito de cartón pintado. Qué perfil el suyo, y el del caballo, cortando la tarde primera, calentorra y burra, con una energía dulce que es llevada por la música ácida y violenta del carrusel.

Amo y deseo a esta criatura que el tiempo ha puesto en mi camino. Es rubia como una alemana y gentil como una latina. ¿Qué no haría yo por ella? Va muy seria en su caballo blanco, repitiendo sin saberlo el mito de Lady Godiva, y estoy dispuesto a rescatarla de Auxilio Social, de la Sección Femenina, de las madres terribles del Movimiento, de todo. Pero no sé cómo.

A las chicas de Auxilio Social les conmueve mi dedicación a la hija de un hombre al que hubo que matar por rojo y asesino, pero del que yo, a pesar de todo, era amigo. Me consideran lo que se dice muy humano. La niña Juana da vueltas en su caballo, con una repetición que crea sonambulismo, y yo estoy ya en tierra, viéndola pasar y pasar, disfrutando de cada nueva aparición, por veces más irreal, más iluminada, más adorable. Quisiera que Juana no se apease nunca de su caballo blanco, que no volviera a pisar la tierra vulgar y peligrosa de la realidad.

Al anochecer —hay que estar en Auxilio Social a las ocho y media—, cogemos un tranvía de los que vuelven al centro, cargados de toda la tristeza festiva del domingo, y Juana se me duerme en las rodillas, feliz de haber visto tantas cosas, confusa y cansada. La gente nos mira y nadie duda de que soy un padre joven con una hija muy bella. Yo tengo una mano en el cuello delgado y palpitante de la niña.

—¿Y papá se acuerda de mí en el cielo?

—Pues claro, Juana.

—¿Y me ve montar en los caballitos?

—Pues claro, Juana.

—¿Y eso le gusta?

—Tú no haces nada que no nos guste, Juana. Eres la niña más buena del mundo.

Y la niña se va haciendo mujer sobre mis rodillas. En el campo de concentración de Vallecas, los presos están tan desnutridos que son incapaces del esfuerzo muscular de la defecación. Se sacan las heces secas unos a otros con una llave de lata de sardinas. Comen mondas de patatas. Pero esto pertenece a la realidad de mañana, lunes. Hoy, domingo, yo soy el padre putativo de una niña huérfana y me crece una erección al contacto caliente e ingenuo de su cuerpo dormido sobre mi cuerpo, pero procuro pensar en otra cosa.

—¿Y el elefante Perico se acordará de mí la próxima semana?

—En cuanto te vea.

—¿Y los caballitos no paran nunca de dar vueltas?

—Jamás, son incansables. Sólo duermen un poquito por la noche.

Pero Juana crecerá, querrá saber cosas y acabará descubriéndome. Y odiándome. O matándome. Qué dulce sería que me matase. Hay en todo esto un profundo desorden que es el desorden del mundo. Tendría que haber un mundo donde yo pudiera ser el padre/amante de Juana. Esto me suena un poco a paganismo y me remite a José

Antonio, que murió demasiado pronto para ser un pagano como Mussolini, a quien tanto admiraba.

Dejo a la niña en Santa Catalina, en manos de Perfecta. Perfecta es una señorita de Sección Femenina, de unos veinticinco años, con quien he hecho amistad a través de la niña. Perfecta es rubia, sólida, firme y femenina como un Botticelli malogrado. Lo tiene todo para ser un Botticelli, salvo cierto toque provinciano que me irrita. Perfecta está cada día más cerca de mí y más lejos de la niña. Lo que me interesa es que cuide bien a Juana y que no sospeche de mi amor por la niña. Lo mejor, para evitar esta sospecha, es insinuarse a Perfecta:

—Soy gallega, me gustan los niños, pero no quiero perder mi libertad casándome.

—¿Y el amor?

—Por un verdadero amor lo daría todo.

—Eso no eres capaz de contárselo a Pilar.

—La Primo de Rivera tiene mucho que callar.

Me asombró esta declaración.

—¿Qué pasa con la Primo de Rivera?

—Éste no es sitio. Llámame una tarde y salimos.

La llamé una tarde y salimos. Primero anduvimos por los bares de Serrano, ella con su uniforme de Sección Femenina y yo con mi camisa azul bajo la chaqueta. Al fin fuimos una tarde a mi piso, o sea el de la pobre María Prisca, y allí hicimos el amor. Perfecta tenía un cuerpo sólido, de línea dura, una boca voraz, un sexo siempre húmedo, con constante provisión de miel, una ternura seca y un instinto retenido:

—En el Castillo de la Mota, Medina del Campo, donde soy instructora todos los veranos, las chicas acaban liándose unas con otras y hay que suspender el curso a la mitad porque la cosa es un escándalo.

—¿Tortilleras?

—Profesionales, dos o tres, pero aprovechan la ocasión para atraerse a las demás.

—¿A todas?

—A algunas. Lo suficiente, ya te digo, para suspender un curso. Y así todos los años.

—Pilar.

—Pilar hace como que no se entera.

—¿Puedo escribir sobre eso?

—Tú verás, pero me parece imposible.

Pensé un poco la pregunta, antes de hacérsela, tendidos en la cama fría y extensa de la pobre María Prisca:

—¿Y tú has entrado en el juego?

—No me va. Me gustan las pollas.

—Entonces tienes que denunciarlo todo.

—Y una mierda.

Pienso que los ideales de José Antonio están ya tan puteados, que fallan por todas partes. Perfecta, dura y exigente, bella y mujer fuerte, exige un segundo polvo. Se hará lo que se pueda.

Quince

HAY TRES BANDERAS que presiden la grisalla y el
secarral de esta España que no me gusta. La falangista, que va siendo meramente decorativa, la nacional, que me recuerda demasiado a los borbones y la carlista, que es una coña, un alarde de
posibilismo de Franco. Los flechas y los balillas
desfilan por Madrid ante la curiosidad un poco
irónica del público. Son escasos y desentrenados.
Hay que admitir que la Falange no ha pregnado
esta sociedad española, que no sabe dónde estaba
realmente la revolución, y que se dispone a ser
muy feliz con Franco por los siglos de los siglos.
Los carteles patrióticos están entre el expresionis-
mo y el cubismo. Los estetas de Franco –Sánchez
Mazas, el propio Aparicio– no se enteran de que
el medio traiciona el mensaje. Están tomando su
estética de lo que quieren combatir. O quizá les
da igual y sólo se trata de cumplir un encargo y
cobrar un dinero. No hay un solo retrato bueno
de Franco. Ya se ve por dónde va la estética. El
relevo de la guardia mora en el Palacio Real me
parece una opereta trágica y antigua, y me recuerda al moro que asesinó a doña Hermenegilda, y
que un día volverá para matarme.

Llevo a Juana, de la mano, al Desfile de la
Victoria, y lo que más le gusta es la cabra de la
Legión con turbante y un moro subido encima.
Una cosa de circo. Toda la estética del desfile es
mussoliniana. Franco no es fascista, pero sus in-

mediatos le fabrican un entorno estéticamente fascista. Los moros a caballo también le gustan mucho a Juana, y en seguida le recuerdan a los Reyes Magos.

La Guardia Civil caminera ha vuelto con todo su poder represor. García Lorca dijo que tenían «de plomo las calaveras». La Guardia Civil, que sólo tiene jurisdicción en el campo, no cuenta con otro objetivo final que la protección del latifundismo oligárgico y feudal. En estos días han pillado a un par de furtivos y los han fusilado por cazar unas cuantas liebres en la finca de un señorito. La noticia viene en la Prensa como ejemplar. José Antonio tenía muy presente la revolución del campo, pero eso se ha quedado en un retórico «Arriba el campo» y en el burocrático Servicio Nacional del Trigo, que no sé para qué sirve. Bajo el yugo y las flechas, inmensos, de Alcalá, 44, entoña la vieja mendicidad del Lazarillo, la España pobre con sus genealogías.

Los periódicos dicen que se ha acabado el hambre en España, y tienen razón. Al hambre organizada de las colas ha sucedido el hambre deambulante y callejera de los puros pobres, con una sola manta para cobijar a toda la familia, dándole a la Gran Vía un inesperado color local marroquí.

En este abril que huele, ya se ha dicho, a Semana Santa y beata resudada, llevo a Juana a las procesiones y se aburre. Le gustó más el Desfile de la Victoria. A Juana, como a todas las mujeres, aunque no sean tan precoces como ella, les gusta la religión como la música o la literatura: de todo hacen motivo para su distinción, fingimiento y gracia. Estoy llegando a la conclusión de que, mientras los hombres nos entregamos a las cosas, nos dejamos utilizar por las ideas, las causas, los ideales, las mujeres, muy al contrario, utilizan todo eso, por instinto, para su servicio. Todo lo que frecuentan las realza. Este principio general es delicioso observarlo en criatura tan breve, en mujer tan mínima como Juana. No creo en la educación, como los comunistas, sino en el instinto, como Nietzsche, y Juana no es sino la párvula de Nietzsche y Schopenhauer.

La Legión Cóndor desfila por Madrid y luego se vuelve a Alemania. Creo que la Legión Cóndor, tan efectiva en nuestra guerra, fue una manera rigurosa y operativa de entender la lucha por un ideal compacto. Aquellos hombres de hierro rubio quedarán siempre en mi memoria como la fuerza más hermosa que nos ayudó a ganar la guerra. Dicen que la Legión Cóndor masacró el caserío vasco de Guernica. ¿Y cuántos caseríos han sido masacrados, a derecha/izquierda, durante la guerra? ¿Por qué hacer de eso un símbolo? Porque lo pintó Picasso. Pero la verdad es que Picasso estaba pintando otra cosa, arregló el cuadro como pudo y lo tituló *Guernica*. Igual pudiera llamarse *Parto de madrugada con caballo rampante*. Picasso, en general, me parece un buen dibujante y un andaluz cuco y golfo. Ya Gómez de la Serna le veía en París pinta de garajista que andaba siempre con mujeres sucias, pintadas y feas.

Me jode el pantalón de cuadros de Picasso, no puedo evitarlo, y eso de que el esnobismo internacional vaya a olerle los calzoncillos (siempre está en calzoncillos) en su retiro de Francia. Es un buen dibujante que juega a genio, un paleto español que ha sabido vender su paletismo al mundo.

Voy al Café Comercial a hablar con Dionisio Ridruejo, que aparece como socarrado ya para siempre por los soles de la nieve y la guerra. Ridruejo, como de costumbre, deja en seguida de escribir. Está deseando que llegue alguien a interrumpirle, porque charlar es lo suyo. Lo mío es un intento, sin mucha fe, por confesarme con Ridruejo. Pienso que todavía nos une vagamente un cierto falangismo puro, una relación inexistente, pero posible, en la que él, naturalmente, sería el maestro:

—Desengáñate, Armijo. Yo he estado en la guerra y he visto muchas cosas. Hitler pierde y es justo que pierda.

—Eso me parece una blasfemia dicho por ti.

—Fue todo un hermoso sueño, Armijo. Un sueño que yo he vivido mucho más intensamente que tú, porque me cogió muy pronto. Pero la hermosa hoguera ha ardido, se está extinguiendo y el mundo tiene ya otra luz.

—¿Qué luz?

—La democracia.

—La democracia está podrida desde hace mucho.

—No todas. No te estoy hablando de las viejas democracias judías y masónicas que, como tú dices, están podridas desde siempre.

El Comercial, por la mañana, es una paz de viejas que vuelven de misa y camareros que se sirven a sí mismos el desayuno. Los grandes espejos sueñan un sol que no les da sino de reflejo. La glorieta de Bilbao está abrileña y alegre de tranvías. Ridruejo bebe despacio su whisky primero del día:

—De lo que te estoy hablando, Armijo, es de la democracia cristiana.

—Debí suponerlo. Siempre fuisteis todos muy católicos.

—¿Y eso es malo?

—No va mucho con Hitler.

—Hitler se ha quedado sin porvenir.

—De modo que ahora traicionáis a Hitler en nombre del Papa.

—Quizá eres demasiado joven para comprenderlo.

Me tomo mi cafe frío, negro y amargo.

—Comprendo perfectamente que en Italia, caído el Duce, mandará el Vaticano.

—Mandará el pueblo, como con Mussolini, pero por otros caminos.

—¿La democracia cristiana?

—Eso.

—Eso es una congregación de beatos y usureros.

—Me parece que estás pensando en nuestro Gil Robles, Armijo.

—Estoy pensando en ti. A pesar de todo, aún esperaba encontrar en ti un poco de José Antonio.

—José Antonio está en mí y en ti y en otros muchos, pero él mismo hubiera comprendido hoy que lo nuestro fue un sueño de juventud.

—¿Vas a fundar la democracia cristiana en España?

—Por qué no.

—Primero debes contárselo al Caudillo. Se va a divertir mucho.

—El Caudillo sabe que esto tiene que tener alguna salida.

—El Caudillo no te hace ningún caso y se limita a tolerarte. Pronto te enviará a algún otro destierro tranquilo para que escribas más sonetos y te repongas un poco.

El tabaco, la pluma y las cuartillas de Ridruejo están sobre la mesa. El café se va llenando de gente y nuestra conversación se hace difícil.

—Desde el primer día te dije que me parecías un poco cínico, Armijo.

—Lo cínico es hacerse ahora democristiano.

—Eres muy joven y espero que un día me darás la razón.

—Gracias. Ya estoy bautizado. No voy a venir a que me bautices otra vez.

Nuestra despedida, pese a todo, es un poco falangista, un poco militar. Ridruejo quizá lamenta perder un discípulo para su nueva fe. Siempre le ha encantado tener discípulos. Salgo del café con las ideas girándome por dentro como la puerta giratoria del Comercial. Yo mismo se diría que me muevo dentro de una puerta giratoria, en molinillo. Todos vamos perdiendo a José Antonio como referente. Y entonces lo que queda es integrarse en eso que Franco llama el Movimiento, y en lo que tan integrado estoy ya. Me planteo la opción como si no la hubiera resuelto hace mucho. Cínicamente, que me diría Ridruejo. Pero he vivido vengando a mi manera la muerte de José Antonio, y eso me justificaba. Ahora sé que sólo soy un funcionario de este gran aparato sin nombre real. Si Hitler pierde la guerra, jamás habrá revolución falangista, y yo había soñado realizarme en falangista, como otros en militar, héroe, santo o poeta. Sin una fe pura y cruel, casi diría que me temo a mí mismo.

Me pregunto a veces si la forma en que estamos haciendo justicia no es demasiado burocrática y distante. Esos tribunales, esos profesionales del derecho y la moral, toda esa Administración que está llevando adelante la limpieza de España con eficacia, pero no con pasión. ¿Y los huérfanos, las viudas, los hermanos sin hermana, las víctimas de la horda roja, como dice Juan Aparicio? Ellos, ésos son los que tendrían que hacer justicia, tomarse la justicia por su mano para que se cumpliese el sagrado rito de la venganza.

Hay mucha España de luto, mucho pueblo herido, mutilado por los milicianos, hay mucha gente que reza todos los días a sus muertos. Se está haciendo justicia, pero se nos está hurtando la venganza, que es el gran éxtasis de los pueblos ultrajados. Esta justicia burocrática me parece poco, me parece una farsa de Franco. Habría que dejar al pueblo, a la gente, a los humillados y ofendidos por la guerra, que entrasen en las cárceles y cumplieran por sí mismos la ceremonia grandiosa y purificadora de matar, de vengar, de redimir.

Ni pensar en escribir un artículo sobre esto, claro. Tampoco me atrevo a hablar de ello con Aparicio ni con nadie. La gente se ha acostumbrado a la rutina de las sentencias. Yo sé de muchos hombres y mujeres que querrían más, mucho más, que tienen previsto en su casa el cuchillo del pescado, el hacha de la leña, la navaja barbera, la pistola, y que saldrían mañana mismo a la calle, si se les dejase, a buscar a su enemigo entre los enemigos, con el instinto de la sangre, que sabrían encontrar a su víctima, realizar su venganza, ojo por ojo, diente por diente. Sólo con esa alegría de la sangre, con ese júbilo de la venganza, nuestras gentes recobrarían el entusiasmo de vivir, la gracia revolucionaria y el desorden de las cosas.

Franco nos está aburguesando, nos está acomodando con su justicia, y veo a la gente con su luto en el brazo o la mantilla, pero comiéndose los domingos unas gambas a la plancha en los bares de Serrano, y el sol de la paz se dora en la cerveza, como si aquí no hubiese pasado nada.

Antes no pensaba así. En estas memorias ha quedado escrito cómo pensaba antes. Ahora claro que pienso así, porque tengo la sensación, cada día más intensa, tengo la abrumación de que todo va despacio y en silencio, callado y susurrado, y los españoles necesitamos la grandeza de una gran muerte colectiva para echar fuera todo lo que la guerra nos ha dejado en el corazón oxidado, en el corazón herrumbrado de sangre seca, cobardía, pereza y hasta perdón.

Hay que perdonar. Hay que matar. Ellos, los otros, se hubieran vengado, y de qué manera. Aquí los obispos predican perdón. Los obispos son todos unos maricones reprimidos. Yo predicaría la venganza. Estamos en la hora de la venganza y la dejamos pasar. A este pueblo mansueto le falta la alegría vengativa del crimen.

Los falangisas nos hemos reducido a un dibujo de Teodoro Delgado, ni siquiera Sáenz de Tejada, que dibuja mucho mejor. La degradación iconográfica se corresponde con nuestra degradación política. Circulan muchos sonetos de Ridruejo a Franco, cuando Ridruejo ya no es franquista. Los pecados de juventud se pagan, Dionisio, y no te me escondas en el whisky. Nos visita el conde Ciano, emisario de Mussolini. Charlot, Mariquilla Terremoto y Boris Karloff triunfan en los cines de la Gran Vía. Llevo a Juana a ver a Ramper. Se prohíben los «bailes modernos», que son sencillamente el baile. Hay como una satanización implícita de la mujer, recluida en sus reservas de Sección Femenina, donde, por otra parte, ya he contado lo que pasa.

A mí la mujer se me cayó, como idea, hace mucho tiempo, pero por otras razones. Pronto descubrí que el sueño secreto de toda mujer, princesa, obrera, católica, burguesa, gloriosa o puta, es tener en la boca una polla, devorar el sexo macho con la boca o el coño. En principio, este descubrimiento me produjo estupor, pasmo, desconcierto. Luego comprobé que era una realidad callada y universal. La mujer profesa en secreto la religión del falo. El falo es el icono silencioso de su vida. Y así no hay manera de idealizar a las mujeres. Está en su naturaleza el humillarse y halagar como esclavas, oralmente, el pene masculino. No son dignas de ninguna idealización, sino sólo utilizables para el placer y la cama.

La pérdida de la fe en la mujer me trajo otras muchas pérdidas y, por reacción, un endurecimiento de mi fe en el hombre. La Historia tiene sexo y este sexo es masculino.

Sólo progresará y se hará fuerte un país, una política inspirada totalmente en ideales macho. Grecia es ambigua y se disipa. Roma es macho y perdura. Así la Edad Media. El Renacimiento es hembra y sólo deja pintura y virtudes femeninas. El XVIII también es hembra, hasta la Revolución Francesa. José Antonio habló de «ese hombre nefasto llamado Rousseau». Pero Rousseau no es más que un profeta quejumbroso. La Revolución Francesa es hermosa y en ella sí que el pueblo se toma la justicia por su mano. El siglo XIX es hembra y romántico. No ha dado nada. Hay que volver a Roma con Mussolini, olvidándose del viejo parlamentarismo artrósico del XIX.

El siglo XX es doblemente macho. Comunismo y fascismo. Sólo que el comunismo es la igualdad hegeliana y el fascismo distingue nietzscheanamente entre razas, pueblos, sexos, clases y gentes. La mujer es todo lo contrario del Superhombre. Y llamo «mujer», asimismo, al hombre débil, dialogante, cobarde. A las mujeres se las calla metiéndoles una polla en la boca. Esto ha funcionado históricamente, en silencio, y es lo que hace que la mujer sea un remanente histórico, un poso de la Historia poco utilizable, salvo esa pijada de los Coros y Danzas de Pilar.

Todo el militarismo de Franco a mí empieza a parecerme femenino en cuanto que el propio Caudillo es un figura ambigua, poco viril, y, sobre todo, porque Franco ha rehuido entrar en la cruzada de Hitler como una mujer rehuye siempre el peligro, la aventura, la hazaña, en nombre de razones domésticas. La guerra mundial de hoy mismo es la gran ocasión de definir el sexo de la Historia, pero estamos perdiendo nuestra oportunidad al habernos quedado al margen, como una señorita que no quiere entrar en el baile, como una provinciana.

España empieza a ser hembra. En esta guerra que hemos vivido, José Antonio era el macho y Franco la hembra. La hembra, como siempre, ha devorado al macho. Estamos haciendo una política doméstica y hacendosa, aunque circule mucho la palabra «Imperio». Bueno, precisamente por eso circula. La Falange es macho, y el franquismo nos la mama todos los días, como esa puta que es cualquier mujer, y con esa eyaculación nos damos por satisfechos. Mi pérdida del referente femenino (hasta en misa están pensando en la polla, o en misa más que nada) me ha llevado incluso al fanatismo de una política macho, que es la que iba a haber hecho la Falange.

Lo que amo en Juana, entre tantas cosas, es que, pura y niña, aún no ha entrado en la religión inconfesable del falo. Quisiera que se mantuviese siempre así, al mismo tiempo que la deseo y codicio su pureza. Por cierto que mañana es domingo y tengo que ir a buscarla. Voy a pasar el día con ella y eso me salva. El lunes, Dios dirá.

Dieciséis

VEO POR GETAFE MUJERES vestidas con un saco que tiene tres agujeros: la cabeza y los brazos. Visito las checas de Franco, que ahora no se llaman así, donde los universitarios azañistas se mueven entre sombras y cubos de mierda. Creo que esto de la depuración es lo único que funciona correctamente en España. Quizá necesitemos a Franco para acabar de limpiarle fondos al país, como él dice, pero luego habrá que ir pensando en sustituirle, aunque no veo cómo ni por quién, no encuentro el hombre. ¿Quizá el partido, la Falange? Un partido, y más un partido único, no es nada sin un caudillo.

En Santa Engracia, 134, donde hubo un colegio de niñas, tenemos presos de menor cuantía, gente indecisa que tampoco hizo nada malo, gente «aprovechable», dicen algunos. Yo creo que habría que matarlos a todos, y lo haría personalmente. Para lo que mejor sirve un indeciso es para muerto. Por aquí le llaman «la Pepa» a la pena de muerte. Muere Julián Besteiro en Carmona, en la cárcel. Escribo artículo sobre él para Juan Aparicio. Besteiro era un socialista de guante blanco, como quizá ya se ha dicho en estas memorias, un tipo que se hacía el bueno, que son los que más me joden, un santo laico, un rojo aristocrático, o sea perfectamente fusilable, pero ha muerto de cagalera o algo así, limpiando su propio orinal, como está mandado. Todo esto lo cuento en el artículo y

Aparicio me tacha algunas cosas, pero en general me parece que ha quedado bien.

Besteiro y su mujer, durante la guerra, se apropiaron un palacete de la Castellana, en nombre del pueblo, y desde allí emitían su cultura socialista y, sobre todo, organizaban una vida social, una aristocracia de izquierdas, con las «marquesas de la República» (así las llamo), que era una mala imitación hortera de la verdadera aristocracia, seguramente más austera por más curtida en años y lujos, en años y siglos de lujo. Otro tanto hicieron, por cierto, en otro palacete, Rafael Alberti y María Teresa León, su barragana, una comunista que escribía como una maestra de pueblo. O como lo que era, una señorita cursi de Burgos, me parece. En tanto, el verdadero pueblo de Madrid, los milicianos, morían en alpargatas por defender a toda esta aristocracia del espíritu, como los muy redichos se llamaban a sí mismos, con frase supongo que de Ortega. Y Alberti, el gemelo malo de Lorca, beneficiándose de la muerte de su amigo. Con Lorca vivo, Alberti no habría pasado de chulo de una casa de putas de la Legión.

Menéndez Pidal ha dado estos días una conferencia en la Biblioteca Nacional. Los rojillos finos que todavía vivaquean por Madrid lo han montado como un acto republicano, pero el viejo no ha dado más que una conferencia aburrida como una clase. Pidal tiene algo de momia en vida. Seguro que de muerto quedará más simpático. Es pura cecina de intelectual, como toda aquella gente de la Institución. Lleva el cuello duro y nos mira con el ojo que le falta. Es como una armadura del Cid a la que hubiesen vestido de franela con traje cruzado.

Himmler ha estado en España y ha entrado bajo palio en Montserrat. No sé qué pensará Franco. Sin duda, que el palio es para él solo. Cada día veo más claro que la salvación estaba en Alemania, y cada día veo más claro, asimismo, que Alemania va a perder la guerra. Lo de las orgías de tortilleras en el Castillo de la Mota se lo cuento a Juan Aparicio, que pone cara de que no lo sabía, lo cual quiere decir que lo sabía perfectamente.

—No irás a escribir sobre eso.

—No.

A los pocos días me llega una llamada de Sección Femenina para que me presente a ver a Pilar. Comprendo de qué se trata y comprendo que Aparicio me ha traicionado en cierto modo dándole mi nombre a propósito del Castillo de la Mota. Pero también puede ser algo que viene de Perfecta, que quizá le va contando a todo el mundo la misma historia. En Sección Femenina, naturalmente, saben que Perfecta está saliendo con este periodista peligroso, con este falangista un poco salvaje, cuyos artículos y reportajes rozan siempre la raya de lo impublicable. Pilar, en su despacho, me saluda brazo en alto y luego nos sentamos a hablar. La sede central de Sección Femenina es un cruce entre noviciado y hospital de sangre. Pilar es una mujer a la que no le van los marchosos arreos falangistas. Pilar es mínima y solterona, virgen y mártir de la Falange, con algo de presidenta de un ropero o monja de paisano. Se le ve en los ojos claros y cansados la sombra de la traición bajo la que vive, la traición a su hermano, José Antonio, la entrega a Franco para hacer una Falange de simulacro y caridad. Pero nuestra mística primera no era la caridad, sino el crimen.

Pilar es como la tía solterona a quien la familia le ha puesto un estanco.

—Camarada —su voz era débil—, andas por ahí propalando rumores contra la Sección Femenina.

(Me hizo gracia el verbo «propalar», que, por retórico, yo no hubiera utilizado jamás.)

—Yo no propalo nada. A mí me han contado cosas que yo le he contado a Aparicio, que es mi jefe, y que seguramente te las cuenta a ti.

—En la Falange se respetan las jerarquías, camarada.

—Respeto las jerarquías, pero estoy para informar a Aparicio.

—No te veo claro como falangista.

—Soy más falangista que muchos. Más de lo que tú te imaginas, camarada.

—¿Qué insinúas?

—Nada.

Pilar Primo, con su aspecto de estanquera de buena familia, lleva el pelo corto y rizado, teñido de un rubio indeciso, desganado, sin fe en su oro. Se ve que está queriendo hacerse una cabeza efébica, de mujer hitleriana, pero no le sale. Recordé cuando Giménez Caballero quería casarla con Hitler y me entró la risa interior.

—No pensarás escribir nada de eso que has contado.

—Sabes que no me dejarían.

—Es todo una infamia.

—No he dicho que no lo sea.

—Un camarada no debe prestarse a difundir esas cosas.

—No he difundido nada. Sólo he informado a mi jefe, que para eso me tiene.

—Ya que estás aquí, te diré que no acaban de gustarme las cosas que escribes.

—Ni a mí.

—Eres un cínico. Digo que escribes muy bien, demasiado bien, pero estás siempre al borde de la heterodoxia.

Entraban y salían secretarias y mandos, todas entre la varonía y un militarismo femenino un tanto cómico. Comprendí de pronto el poder de aquella pobre mujer, la grandeza falsa de su imperio, comprendí su misión, inmensa y delicada, de devolver a las mujeres españolas, de Las Hurdes a la Chanca, a la conformidad, la domesticidad y el gazpacho pobre, honrado y picante para su hombre. La mujer ante todo es madre y Pilar está cuidando la avena minutísima de una nueva generación de mozos franquistas, de madres rezadoras y resignadas, una España de luto y mocerío, contenta con su suerte. Franco no le ha puesto un estanco, sino un cargo de mucho misterio, donde germinarán las españolas que, bajo afán de novedad, retornan a la tribu ibérica, a la familia tribal, limitada, ignorante, laboriosa y necia.

—Jamás me aparto del pensamiento de José Antonio.

—Ten mucho cuidado de no manchar el nombre de José Antonio.

Hablaba de su hermano como las hermanas de Cristo hablarían de él.

—El nombre de José Antonio lo manchan todos los días hasta los periódicos más adictos. Con eso quisiera acabar yo.

—Tampoco queremos fanáticos entre nosotros.

—Tu hermano era un fanático, camarada.

—No te lo tolero.

—Y yo soy otro fanático. Sólo el fanatismo mueve el mundo.

—La entrevista ha terminado. Estás avisado de que hay que olvidar todo eso que propalas sobre el Castillo de la Mota.

—Olvidado.

—Y sé quién es la persona que te informa.

—De modo que será ella la represaliada.

—Entre nosotros no hay represalias.

—Tanto ella como yo sólo queremos la pureza de la Falange.

—Perfecta no es una camarada modelo.

—Tú has pronunciado ese nombre, Pilar, no yo.

Olía a cloroformo, como en los hospitales, y a exceso de mujeres, como en las casas de putas. La insignificante estanquera tenía un poder y una influencia muy grandes en la sociedad española. No eran sólo los Coros y Danzas. Estaba forjando madres e hijos a imagen y semejanza del Caudillo. Entre estos dos seres asexuados iban a parir una generación de franquistas sumisos, de braceros inocentes y resignados, de lavanderas castas y multíparas. Comprendí que Franco, a través de esta mujer (también a través de esta mujer), se proponía perpetuar la España medieval, artesana, rezadora, pecuaria. Nada de revolución joseantoniana. Pilar y yo nos despedimos brazo en alto.

La Iglesia prohíbe los bailes modernos. Anuncian a Josita Hernán. Göering, Ciano, Hitler y Mussolini empastelan los periódicos, pero algo oscuro está pasando. Triunfa Ana María Custodio.

Los flechas, copiados de los balillas de Mussolini, desfilan por Madrid. Son niños que pronto tendrán un cargo en Alcalá, 44 y habrán olvidado las palabras hermosas y venideras de José Antonio, que ahora les enseñan. En Chicote veo a Alfredo Mayo. Doctrina y estilo es la consigna joseantoniana para las nuevas juventudes. ¿Y la revolución y la sangre? Sánchez Mazas, Serrano Suñer y Franco siguen diseñando el Valle de los Caídos. Pasa la Guardia Mora. El Atlético Aviación gana la Liga. Es una remodelación política y militar del popular Atlético de Madrid. Yagüe va de kepis legionario. Ha tenido incidentes con Franco. Me enamoro de Lina Yegros. Cincuenta mil niños de Auxilio Social reciben la primera comunión por las intenciones del Papa. ¿Y cuáles son las intenciones del Papa?

Luis Companys, el separatista, es fusilado en los fosos del castillo de Montjuïc. Himmler en los toros. Asisto a la primera comunión de Juana, entre esos cincuenta mil niños que la han aplicado por las intenciones del Papa. Juana está guapa y breve, pálida y urgente, hay algo nupcial en su pequeña persona, una gracia matrimonial e inocente que me conmueve y me enamora. La Iglesia es toda ella como el interior de un inmenso armónium donde cantan curas, rezan niños y niñas, se establece una mitología de incienso y luz en los vitrales, lloran las ancianas y el latín va dejando lápidas verbales en la memoria. Perfecta y yo asistimos juntos a la primera comunión de Juana, como si fuéramos sus padres, aunque lo que siento dentro de mí, qué cosa más tonta, es como si me estuviera casando con Juana, novia minutísima.

Después del acto religioso, que me ha estragado y ensuciado por dentro (Juana se me perdía entre la multitud de diminutas Juanas, veinte o treinta mil Juanas multiplicando a mi niña), Perfecta y yo recuperamos a la criatura y la paseamos con sus galas por el Retiro, entre los patos y los militares. Pienso si decirle algo a Perfecta de mi entrevista con Pilar Primo, pero imagino que ya lo sabe. Que hable ella primero, pero no habla. He tenido a Juana en mis brazos, nupcial y en éxtasis, y esto me ha producido una violenta erección y una luminosa angina por el pecho.

Es domingo en España, es fiesta en España, es Franco en España. Juana va delante de nosotros, con diadema de mártir, guantes blancos que se le salen y rosario de plata de la madre de Perfecta. Es toda ella prisa y organdí. María Micaela tiene un follar alegre y loco. María Micaela es una señorita recién venida de Ávila a Chicote. María Micaela es guapa como una muñeca puta, es veinteañera y provinciana, tiene un cuerpo de dibujo pornográfico y una alegría de plumas y plumeros, de colores y champán malo, una alegría que imagino le irá ensombreciendo Madrid con sus malos humos, sus malos humores y sus malos hombres. Una alegría como la de María Micaela ya sólo se da en provincias. Madrid es una ciudad sombría, llena de abrumaciones, entoldada por el palio de Franco.

María Micaela parece convencida de que esto de la prostitución es la gloria, la fama, el dinero y la risa.

—Tú es que eres un cliente un poco plomo, Mariano.

—Tú es que eres una paleta ingenua. Espabila, que en Madrid te van a dar.

—Pues vaya un compañero de farra que me he buscado.

Y se quita y se pone las ligas. La derrota de Hitler es algo que está en el aire, una nubosidad variable de los periódicos, lo que se ve venir, el empastelado creciente de las fotos de guerra (uno ya sabe ver estas cosas del oficio), la mala leche o la alegría excesiva de los camaradas del *Arriba* y de Alcalá, 44. No sé. Tengo que ir a Víctor de la Serna para que me levante la moral. Es el único que sigue haciendo un periódico combativo y ganador. A Ridruejo no. A Ridruejo no voy a verle porque ya sé que se alegra de todo esto y sueña con una Europa democristiana. A este hombre cada día le veo menos político. ¿Por qué no se dedica definitivamente a la poesía lírica? El caso es que sus versos tampoco me gustan. El moro que mató a la vieja sigue rondando por mi casa, o sea la casa de la pobre María Prisca, y qué falta me haces ahora, María Prisca. Este hombre sabe que sólo yo puedo probar su crimen. Sabe que le salvé por condenar a otro. Este moro de mierda lo sabe todo y un día va a subir a matarme. Ni siquiera recuerdo cómo se llama. Tampoco me molesta demasiado que suba el moro a matarme con su navaja mora y curva de cortarse los callos de los pies.

Diecisicte

RAMÓN SERRANO SUÑER, ministro de Exteriores. El exterior es, para nosotros, Alemania e Italia. Serrano se llevaba bien con Hitler y con Mussolini (quizá mejor con Mussolini, por eso de la mediterraneidad, que es una teoría secreta suya, con la que quiere compensar el «exceso de victoria» de Hitler y la paganía germánica). Ramón es un fascista en profundidad, quizá un poco lastrado por sus orígenes gilroblistas y su catolicismo. Franco le ha puesto en Exteriores para quitarle la Secretaría General del Movimiento, es decir, para quitarle la Falange a un falangista de la primera hora y dársela a Arrese, que es un oportunista con mentalidad de gobernador civil. Aquí de lo que se trata es de desacreditar el joseantoñismo. María Micaela tiene los ojos abiertos, duros e ingenuos, mirando con atención distraída y muerta la vida que le esperaba. Le cierro los ojos, desnuda y muerta en mi cama, y compruebo en su cuello el corte curvo que la ha matado. Es como un rizo de sangre. La navaja curva del moro. Está recién muerta y quizá recién follada, por la postura. El moro, claro, venía a por mí. Ejército, general Varela. Varela fue un dandy monárquico que conspiró contra Franco, pero Franco ya se le ha ganado y ahora lo tiene de ministro, cerca y seguro. El ministro del Aire me hace sonreír. Era el hombre de María Prisca y ha vuelto al poder cuando ella ya no puede disfrutarlo y cuando lo que tengo en su cama es una puta asesinada por un moro. María Micaela está guapa de muerta, con la nariz graciosa, la boca entreabierta, los pechos ingenuos en su obscenidad, el vientre como una dulce y delicada artesanía, el coño revuelto y los muslos hermosos y profanados. Por las paredes hay escritos en árabe que no entiendo, pero adivino: el moro me promete volver a por mí.

Educación: José Ibáñez Martín, un funcionario católico que va a parar la enseñanza en Menéndez Pelayo, como mucho, en la España monárquica y en el pasado fundamentalista, ignorando todo lo que sea revolución, empezando por la revolución falangista, que es la verdadera y, además, la única y posible en España. Obras Públicas, Peña Boeuf. A Peña Boeuf le tengo hecha alguna entrevista en su piso de la Gran Vía. Es un técnico mediocre, triste, vulgar, un hombre que hará, o más bien dejará de hacer, todo lo que el Caudillo le diga que para más adelante. Agricultura, Miguel Primo de Rivera. El Caudillo sigue halagando a la familia, mientras borra la imagen de José Antonio y, sobre todo, su herencia. Mi visita a Pilar me ha demostrado cómo estos Primo de Rivera se creen, o hacen que se creen, el falangismo franquista, que es una farsa llevada incluso con desgana por el Caudillo. Me apetece follarme a la muerta, como ya hiciera con aquella otra del depósito, olvidando que una hora antes, o menos, ha debido follársela el moro. María Micaela me gustó mucho desde la primera noche, en Chicote, porque era un puta alegre y casi ni era una puta, sino una provinciana loca que se había creído la mentira de Madrid. Mi eyaculación en el interior de la muerta es gratificante, profunda, submarina, tranquila y maloliente.

226

Trabajo: José Antonio Girón de Velasco. Girón, el chulo de Valladolid, el héroe del Alto del León, el bebedor de Chicote, el putañero y el impulsivo, esa segunda generación falangista que ha confundido ya la bizarría de José Antonio con el matonismo. Son violentos y ágrafos. No tienen nada que ver con el Jefe. Pero es justo lo que necesitaba Franco: un falangista violento y demagógico, rupturista y falso, la imitación en provinciano de Amadís de Gaula. Girón puede convencer a las masas de que la justicia social se acerca con sus «luceros verdes», esos que él mete siempre en los discursos, y puede convencer a los falangistas de que el vigor joseantoniano no se ha disipado (a los falangistas que se quieran dejar convencer, claro). Estoy tendido junto al cadáver desnudo y follado de María Micaela, con un whisky en la mano y la pistola en la otra. María Micaela huele a cecina de mujer, a jamón de pata negra, pero agusanado, y vuelvo la cabeza para respirar su pelo, que ahora es como el pelo seco de una muñeca, y me huele a serrín, al serrín del embalaje, como si a la muñeca acabasen de desembalarla. Y así es. Entre todos la hemos desembalado en la muerte. María Micaela tiene en los sobacos el sudor de la muerte y en la herida del cuello el dulzor de la sangre. Le doy un beso en la herida y luego el whisky me sabe a sangre y a coño.

Justicia: Esteban Bilbao Eguía. Es un retórico del antiguo régimen que va a revestir de palabras la mentira de estas Cortes innecesarias y falsas. Esteban Bilbao, con cabeza de notario mundano, con verba y aire senatorial, va a decorar con un toque canovista la Justicia de Franco y el Parlamento que quiere ser vanamente civil, sin decidirse por la militarización de la política, que es lo que habría hecho José Antonio. Pero Franco, con el rabillo del ojo, presta atención a las democracias europeas, que a lo mejor resulta que van a ganar la guerra y jodernos a todos. Si Hitler cae, Franco no va a engañar a los aliados con este superfluo títere de una juridicidad que no hay. La juridicidad de José Antonio era la fuerza, pero Franco quiere jugar con muchas barajas a la vez. Y los falangistas no somos más que un comodín. María Micaela vino a Madrid a abortar y se quedó. En Madrid estaba de más, pero no quería irse, y un camarada de la pandilla de Girón habló con Pedro Chicote para que la metiera fija en la casa. María Micaela en seguida hizo carrera, porque traía una gracia de señorita de pueblo que ha salido puta y que lee muchos figurines.

Yo la tenía medio retirada aquí en casa, porque me gustaba mucho, pero su carrera ha sido corta y estúpida. El moro venía a por mí y la ha matado por no irse de vacío, de paso que la follaba y robaba algo por mis armarios.

Ahora estoy tendido junto a la muerta, respirando su olor a matadero y colonia embrujo de Sevilla, y leyendo en las paredes los mensajes en árabe del moro. Esos dibujos que no entiendo, toscos, como de un medio analfabeto en su lengua, me están anunciando una muerte próxima. El moro y yo estamos uno en poder del otro. Sabe que soy el único que puede agarrarle por el asesinato de la vieja. Y de alguna manera ha entendido, en su cabeza pequeña y selvática, que detesto visceralmente, que si no le cojo es porque preferí denunciar a otro por aquel crimen. Pero no se siente seguro conmigo vivo y no va a parar hasta que me mate. Seguro que si miro por la ventana está ahí abajo, sentado en la esquina, mirándose los anillos de hojalata de las manos. Cuando le piden la documentación, saca lo de la guardia de Franco y le dejan en paz. Por otra parte, el policía que le había puesto el ministro a María Prisca ya ha debido dejar el servicio definitivamente. No me importa matar al moro o que me mate a mí. Me duele que haya sido tan estúpidamente cruel con esta pobre provinciana, con esta loza bella, reluciente y fresca venida de un pueblo de Ávila.

Si Hitler pierde la guerra, sólo nos queda el suicidio, por lo menos a mí. No estaría mal que me suicidase el moro. Si acierto a hacerlo bien, como en las películas, moriremos los dos.

Secretaría General del Movimiento: José Luis de Arrese. Iban a hacer la revolución y todos se ponen el «de» aristocratizante. José Antonio era marqués y nunca usó el título. Arrese es un falso falangista muñido por Franco. Franco ha puesto en manos de este cursi amarraco nada menos que la Falange. Es una manera no sólo de controlarla, sino de destruirla. Todo el mundo comenta con elogio que se ha dado entrada en el Gobierno al joven falangista de 29 años José Antonio Girón de Velasco. Ya tenemos otro «de». Acabemos haciendo un Gabinete de marqueses y borbones.

Se hace de día en la calle, o de noche, no sé. Ladran perros lejanos, aúllan su hambre. Por este barrio se oyen menos descargas de fusilamientos. Madrid es la ruina de Madrid ilustrada por la presencia de la Guardia Mora, el yugo y las flechas de Alcalá, el loro del *Arriba* y las putas de la Gran Vía.

A los fusilados en algún solar sólo les mira la pupila reventada de un gato muerto. A veces, los pelotones, después de cumplido su trabajo, se dedican a matar gatos a tiros, que esto de la muerte todo es empezar. Sigo con el whisky, estoy tranquilo y triste, no sé qué hacer con la muerta, los mensajes árabes y asesinos del moro hasta adornan las paredes, decoran, quedan bien. Me doy cuenta de que he dormido un rato y me sobresalto. María Micaela está ya fría. Ahora huele a flores de cementerio y a niña que se ha meado.

Muñoz Grandes, desde Rusia, manda una proclama a los españoles, llena de heroísmo, impulso, fuerza y desesperación. No se entiende muy bien por qué ni para qué hace esto, pero, mirando el periódico al trasluz, se transparenta el fracaso, no sólo de la División Azul, sino de todo el ejército alemán en la campaña rusa. Este parón a la marcha de Hitler, obliga a concentrar fuerzas contra el General Invierno, con abandono de otros frentes. Hoy es subversivo en Madrid decir que la guerra está perdida, pero yo la tengo por tal y no veo otra salida que el suicidio o dejarme matar por el moro.

El 9 de noviembre del 42 *La Hoja del Lunes* anuncia que numerosos contingentes norteamericanos y británicos han desembarcado en la costa atlántica y mediterránea del Marruecos francés y Argelia. Los Gobiernos de Washington y Londres declaran en sendas notas oficiosas los móviles de este desembarco. Argel y Orán son los principales objetivos de las fuerzas expedicionarias norteamericanas. España tiene garantía escrita de que los invasores nos van a respetar. Franco ha vuelto a acertar con la neutralidad, pero ya veremos a qué precio. El Führer pronuncia un importante discurso sobre los últimos sucesos y la posición alemana: «Seguiremos asestando los golpes que queramos, y hasta ahora siempre hemos llegado a tiempo. Tomo nota de todo y se darán cuenta los del otro lado de que el espíritu alemán de inventiva no ha permanecido inactivo.» Aunque Hitler anuncia en este discurso su arma secreta, también llega desde Munich la palpitación inconfundible de la alarma.

Voy a hacer una crónica de las Cortes y la indumentaria oriental y solemne de los representantes africanos me permite hacer un poco de literatura.

En este diario o memorias tomo ya notas rápidas, urgentes, lacónicas. De pronto me doy cuenta de ello. Estamos todos empezando a perder la serenidad, la seguridad. La guerra puede perderse, lo sabemos por primera vez, y ya no hay calma para nada.

Solo. Estoy solo. Siempre he estado solo. Conozco a mucha gente en Madrid, pero creo que éstas son las memorias de un hombre solitario. No he podido ni querido integrarme profundamente en la farsa falangista. Hay pequeños grupos joseantonianos que son mi único mundo, pero especulan y no actúan. Los falangistas teníamos que haber pasado ya a la acción directa (así empezamos o empezaron), y no contentarnos con esa romería del 20 de noviembre, cuando todos se emborrachan camino del Escorial y lo que hacemos, en realidad, es enterrar más a José Antonio. Tampoco he sentido nunca la tentación de intimar con los poetas rojos (los amigos de la pobre María Prisca). El comunismo me produce un rechazo violento, corazonal. Stalin es un sargentazo y José Antonio era un poeta. Un poeta con una pistola en la mano. No hay cosa más grande ni más hermosa que un poeta con una pistola en la mano. Decía André Breton, el poeta surrealista, que el acto más lúcido que se puede llevar a cabo es bajar a la calle con un revólver y disparar indiscriminadamente sobre la multitud. Yo, que no soy nada surrealista, haría eso de buena gana.

Qué felicidad, qué plenitud, disparar sobre la grisalla humana de Madrid, sobre la felicidad mediocre y dominical de los madrileños, ver cómo de la gran masa gris va derramándose la sangre, una sangre abundante, unas mareas de sangre que lleguen a poner rojo y oscuro el cielo, la ciudad, la hora de la cerveza y la hora de misa, la sangre entrando alegre en las iglesias y los bares, como antaño el fuego, para purificar el año, el día, la vida lanar y asustada de la gente, la sonrisa hipócrita de las familias, que han vuelto a instalarse en su paraíso pequeñoburgués con radio y brasero, y que olvidan la guerra a cada hora, como si la hubiésemos hecho para nada, como si sólo hubiera sido un año de mala cosecha. Juan Aparicio. Más que un amigo, tengo un protector que se llama Juan Aparicio.

Juan Aparicio me contrató de espía, y a su vez me espiaba a mí. A estas alturas pienso que ya está convencido de que soy un tipo raro, quizá no peligroso, pero tampoco de toda confianza, y por eso prefiere tenerme cerca. Juan Aparicio, siempre que Franco le deje jugar un poco a Napoleón o a Mussolini, según los días, está dispuesto a hacernos creer (y a creerlo él mismo) que la revolución falangista sigue adelante.

María Prisca me quiso un poco. Me fue un poco madre. Escolanía estaba enamorada como una romántica. María Micaela ya está enterrada. Perfecta no es más que una mujer para la cama. La niña Juana presiento que descubrirá cualquier día la verdad y no querrá volver a verme. Solo, estoy solo, vuelvo a quedarme solo, tan solo como debe de estar ahora Hitler en su despacho o en su búnquer. A los que de verdad hemos querido cambiar el mundo acaban por dejarnos solos, desde el gran Führer hasta mí, que no soy nadie. La gente en realidad no quiere cambiar el mundo, sino sólo cambiar un poco de postura. Aquí, en la casa moderna y tan vieja de la pobre María Prisca, en esta casa donde tanto la odié y algo la quise, a la pobre vieja, huele otra vez a las medicinas que ella tomaba, al fondo perfumado de sus armarios, al lujo cansado, a la belleza usada que la rodeó. Apenas escribo, salvo estas notas sueltas en mi cuaderno.

Ante la superioridad aplastante de los rusos, sucumbe en Stalingrado el heroico Sexto Ejército del mariscal Paulus. El futuro Arco de Triunfo, en la Ciudad Universitaria de Madrid, llevará un texto en latín de Pedro Laín Entralgo. Los aliados se reúnen en Casablanca. Es presentada en sociedad la hija de Franco. Los aliados han desembarcado en la costa de Normandía. Escribo un editorial sin firma, con rabia secreta y violencia verbal, exaltando la figura de Hitler e ignorando las derrotas. Aparicio lo distribuye a varios periódicos de provincias. Es un desahogo personal, pero empiezo a pensar que Hitler ha calculado mal sus fuerzas y las del enemigo. Me paso el día en casa. Hablo por teléfono con Aparicio, bebo whisky y escribo algo.

Dieciocho

BERLÍN BOMBARDEADO. Las fotografías que damos en los periódicos tienen más fuerza que cualquier discurso o proclama. Hemos perdido la guerra, aunque la guerra siga. La victoria de Hitler hubiera supuesto quizá la caída de Franco (Hitler no le quiere nada) y la vuelta del verdadero fascismo español. Pero van a ganar las democracias y Franco ya se está preparando para negociar con ellas. José Antonio ha pasado por la tierra como un ángel carnal y ni siquiera va a dejar rastro, o, lo que es peor, dejará el rastro sucio y falso de los girones y los arreses.

Hitler murió ayer en su puesto de mando de la cancillería del Reich. Doenitz va a seguir la lucha. Doenitz no es más que el hombre que va a tramitar la derrota. Miro por la ventana y el moro sigue sentado en la esquina, limpiándose las uñas negras con su navaja curva. El gran sueño de nuestras vidas ha terminado. El Oriente sucio, desde Rusia a este moro de la esquina, acecha y espera. La Europa rubia y nueva ha tenido su momento en la Historia, con el resplandor de su propia fugacidad. Orientales, judíos y moros volverán a ennegrecer el mundo, atacando por la espalda a las estúpidas y confortables democracias. Ése es el porvenir. Me miro de cuerpo ente-

237

ro en el espejo grande donde María Prisca se miraba desnuda. Soy rubio, soy castellano ario, ya no hay sitio para mí en el mundo. De una patada rompo el espejo.

Hitler. Cuando las democracias europeas eran un jardín hollado de lujuria y esplín, cuando el parlamentarismo era un club de banqueros retóricos, cuando los obreros comían todos los días la comida negra de la miseria, Hitler se levanta desde el corazón profundo y bárbaro de Alemania, Hitler pone a su servicio a los banqueros, los fabricantes y los abogados, fascina a las masas como un hombre/látigo y tiene el proyecto y la visión, no sólo de una Alemania nuevamente grande, sino de una Europa rubia, militar y mitológica, que domine el mundo.

Hitler. Cuando Rusia viene −el Oriente de alma oblicua− a apoderarse de la Europa virgen y nueva, fuerte y clara, Hitler hace pactos, proyectos, discursos. Hitler estrecha la mano a los enemigos mientras con la otra mano acuña barcos, cañones, aviones, armas y hombres que van a imponer al mundo la gracia de su fuerza, la fuerza de su gracia, el poder de una idea clara e incluso de una idea fija, que son las únicas que se realizan.

Hitler. No la salvación por la clase social (una filosofía de esclavos como la cristiana), ni la salvación capitalista por el dinero (una filosofía de agiotistas que los pobres no entienden), sino la salvación por la raza. Aquí está la genialidad de Hitler. No están enfermos sólo los sistemas, sino que la humanidad está enferma de judíos, gitanos, comunistas, capitalistas, falsos apóstoles con chistera y falsos apóstoles con gorro ruso. La humanidad está enferma de siglos, viciosa de imperios, sucia de religiones, loca de ideales y abstracciones. La humanidad es una vieja que veranea en la Costa Azul, amortajada por sus joyas, y Hitler quiere rejuvenecer a la humanidad, salvar una raza bárbara que no ha pecado, difundir con sangre la pureza alegre y violenta de los pueblos no romanizados, o que se impusieron a Roma.

Hitler. Fuera con los enfermos, los viejos, los judíos, los débiles, los pobres, los intelectuales y otros pervertidos por el alcohol o el sexo. Por encima de la caridad está la Historia, y Hitler venía a salvar, renovar, reiniciar la Historia. Los enfermos de raza, sangre, cuerpo, alma o apellidos no son sino una consecuencia de la enfermedad general y bíblica que sufre la humanidad desde hace siglos. Esto es lo que nadie ha querido entender, y Franco menos que nadie: que Hitler era un nuevo Mesías, y un mesías pragmático y poderoso que iba a hacer la cirugía de hierro sobre el cuerpo inmenso y culpable de la humanidad.

¿Nietzsche? El pobre filósofo miope no era más que un romántico o un modernista. Nunca hubiera pasado de las palabras. Aunque Hitler leyera a Nietzsche alguna vez, siempre tuvo que encontrarlo insuficiente, contradictorio (se complacía en serlo), utópico. El creador de mundos y realidades vive de lo que hace a cada momento, no de las divagaciones de un misántropo inspirado. A la mierda con Nietzsche.

Marinetti: «La guerra, única salud del mundo.» El mundo está enfermo de whisky escocés y cuscús judío. La guerra salva a los pueblos de su miseria moral o material, pero sobre todo les eleva, les salva de su miseria histórica, de su cansancio latino o moro, de su pereza moral. Hitler traía la salud marinettiana para la humanidad y para el siglo, pero los hospitalizados se han unido para derrotarle. Prefieren seguir en sus casas de locos y en sus casas de putas. No puedo soportar el mundo que se anuncia, y que es el de siempre. Escribo a ráfagas y fustazos en este diario, en estas memorias, en este cuaderno, en este libro. La muerte de Hitler me ha dejado hospiciano.

España expresa su honda y sincera alegría en esta hora trascendental de la paz. Todos los edificios públicos izarán la bandera nacional durante tres días consecutivos. De modo que Franco, sin ningún rubor, se suma y nos suma al júbilo de las democracias triunfantes, y ahora vende su neutralidad a los aliados, cuando todos sabemos que era una neutralidad pactada, una neutralidad favorable a Hitler.

Franco ha acertado como gallego al no incardinarse en la gran guerra de Hitler, pero ha caído como hombre en el albañal de la traición, la cobardía, el miedo y la entrega. Nunca fue fascista convencido, pero las formas de su Estado sí que lo fueron, y esto, aunque a él no le importe nada, van a tenerlo en cuenta las democracias triunfantes. Franco parece dispuesto a retorcerle el cuello al falangismo por ganarse la simpatía y la limosna de los vencedores. Hoy somos el ridículo del mundo. La grandeza de un sistema totalitario está en persistir hasta la muerte, como han hecho los alemanes. El totalitarismo sólo es respetable a condición de que aguante más allá de la muerte. El totalitarismo de Franco, con esta entrega, se queda en mero personalismo. Lo que quiere es perdurar él, vistiéndose el uniforme que le manden. Hitler era la perduración como salvación de la Historia. Franco es la duración por la duración, sin ninguna idea al fondo. Esta es toda la diferencia. ¿Cómo se puede seguir al lado de un hombre así?

Los aliados pueden hacer dos cosas: utilizar a Franco, sin tocarle demasiado, o imponer una democracia en España. No sé realmente lo que van a hacer. En cualquier caso, Franco es un aliado confuso, peligroso, ya que del mismo modo que traicionó a Hitler puede traicionar a Roosevelt.

El nazismo/fascismo era un proyecto arriesgado de victoria en común, que José Antonio hizo suyo en profundidad, con conocimiento y peligro. Los totalitarismos, desde Roma, son grandiosos y profundos, creativos y suicidas. Nada tan fascinante en la Historia como un totalitarismo −Esparta− que, en palabras de Ortega, sea el esfuerzo rindiendo culto al esfuerzo. La mística de la voluntad y el proyecto histórico de redimir la humanidad. La humanidad no es una cosa intocable, sino un chancro en el pene de la naturaleza. Eso hay que talarlo o limpiarlo a fondo. La democracia no es sino la compensación mediocre de virtudes y defectos, el ir tirando con los males de uno, las enfermedades del otro y la indiferencia de todos, que llaman liberalismo.

El totalitarismo es la redención por el crimen, y no aquella humillante redención por la caridad que trajo Cristo.

Se suceden los gobiernos de Franco. Ya da igual. No son falangistas ni monárquicos ni militares ni siquiera franquistas, aunque sean un poco de todo eso. Son sólo una amalgama con la que el Caudillo trata de pintar gris sobre gris, algo que no moleste a las democracias, porque ni siquiera lo entienden. Gobiernos decolorados que no alarman a nadie y, por otra parte, le permiten a Franco seguir siendo él quien manda.

Pero resta en el mundo el totalitarismo soviético, que odio en principio por orientaloide, y por tantas cosas. Presiento que ese nuevo totalitarismo pronto hará la guerra a las cansinas democracias de esplín y parlamentarismo literario. Todavía no se han enterado los occidentales de que el proyecto de Hitler era creativo, constructor, depurativo, mientras que el de Stalin es destructivo, igualitario, un imperio del anonimato. Stalin sacrifica al individuo en nombre de la masa. Stalin sacrifica a la masa en nombre del Estado. Stalin sacrifica al Estado en su propio nombre. Hitler y el fascismo potenciaban en cada hombre anónimo el héroe que lleva dentro, el capitán y el suicida que duerme en él. La grandeza del fascismo es haber conjugado el poder de la multitud con la glorificación del individuo. Lo del fascismo no eran masas anónimas, sino multitudes de semidioses, cada uno con su antorcha, con su luz, con su poder único de matar y crear.

Juana desnuda, cuando algunas veces la traigo a casa, después de las largas paseatas por Madrid, con globos, pájaros, verbenas y cisnes, Juana duchándose en el cuarto de baño de Prisca, mármoles y grifería de oro, y yo atisbando, oteando por puertas, rincones, rinconeras, amando una vez más su cuerpo desnudo, púber, esbeltísimo y pálido.

Recuerdo cuando la veía en aquel chalet de El Viso, todavía una niña entre las niñas, en sombra yo con los grandes jerarcas del momento. Sigue siendo una niña, pero la naturaleza, que es artista, hace un esfuerzo por reunir, sacando de tanta escasez, una curva de pecho en el pecho, una curva de glúteo en los glúteos, una curva de muslo largo e inseguro, ya casi adulta.

Su coño, apenas velado en rubio, es una deliciosa huchita de carne. La amo en los espejos empañados del cuarto de baño, donde tanto habitó el cuerpo declinante, grandioso y enfermo de

María Prisca. La vida rebrota siempre de sí misma y el desnudo ingenuo y perverso de Juana se apodera del reino suntuoso de los jabones de olor, los champúes como un mar bien enseñado, las lavandas como corzas del perfume, aproximándose entre los bosques de vaho a oler el sexo puro de la niña.

Tú me llevabas a aquella casa horrible, de pequeña, a que me mirasen el culo unos viejos verdes, tú le dabas un dinero a mi padre, engañándole, por vender el desnudo de su hija, papá te buscaba por Madrid para matarte, tú le denunciaste y ahora está enterrado y eres tan odioso que vienes conmigo a llorarle y ponerle flores, suponiendo que ésa sea la tumba de mi padre, tú me cuidas y mimas con la esperanza de follarme cualquier día, tú hiciste desaparecer a mi madre en Galicia por tenerme para ti solo (Perfecta cree que yo la he denunciado a Pilar por lo del Castillo de la Mota, Perfecta se ha dado cuenta de lo que siento por Juana, está celosa, degradada en Sección Femenina, y su venganza es contárselo todo a Juana, pobre niña, para que me repudie), tú eres un vicioso y un asesino que denunciaste a mi padre por un crimen que no había cometido, pero ahora el verdadero criminal, ese moro que hay siempre a la puerta de tu casa, te va a rajar con esa navaja que tiene siempre en la mano, y con la que se limpia las uñas. (Juana, cuando he ido a buscarla, como tantos domingos, me ha recibido en el refectorio de la Sección Femenina, cosa alarmante, con un mandilón y sin arreglar; en su rostro bello y agudo, de ojos verdes y ojeras profundas, hay como un esfuerzo de la infancia por ser adulta, una maduración repentina que sólo hace posible el odio; la encuentro atrozmente mujer, su fina boca que me moriré sin besar, sus grandes dientes, dibujan odio y desesperación, sus finos labios forman, deforman y vuelven a ensayar el anagrama de la venganza, la impotencia y el odio. Se da media vuelta y corre por un pasillo.) No quiero verte nunca más, es lo último que ha dicho. Ojalá te mate el moro.

Ojalá te mate el moro. Estoy tendido en el generoso lecho de María Prisca, por donde han pasado tantas cosas. Madrid suena como un Renacimiento. El cabrón de Franco va a conseguir que, después de la guerra mundial, España vuelva a la vida.

Estoy tendido y solo, todo fluye, con el whisky y la pistola sobre la mesilla. El moro está ahí abajo como todos los días. O me mata o le mato. O me mata o me mato. Soy el huérfano de José Antonio, de Hitler, de la Falange, el huérfano de María Prisca, madre madrastra, y el huérfano de esa hija adorable, Juana, que me había dado la vida, y a la que no veré más. Hay muchos falangistas como yo, rebeldes y frustrados, pero acabarán acostumbrándose. Yo no quiero acostumbrarme. No quiero que la frustración, en mí, sea una costumbre. Esta casa, por la que han pasado tantas cosas, tantas mujeres, huele renovadamente al perfume muerto y carísimo de María Prisca, a los días de esperanza y ministro. Me parece que el moro va a subir a matarme esta noche, no sé. Es un miedo y un alivio el saberlo, el intuirlo. Termino la botella de whisky y empiezo otra. Los cabrones de los ingleses, aunque hayan ganado la guerra, siguen enviando un whisky realmente bueno.